Sara Rivers

PASSION OF FIGHT

PASSION OF FIGHT

BAD BOYS 1

Sara Rivers

Impressum:

Juli 2017
Copyright Sara Rivers 2017
Buchcoverdesign: Sabrina Dahlenburg,
shutterstock.com
Lektorat & Korrektorat – Sabine Wagner,
KoLibri Lektorat

S. Rivers
Beethovenstraße 5
16909 Wittstock

Herstellung und Verlag:
BoD - Books on Demand, Norderstedt
ISBN: 9783744867542

FÜR DEN KÄMPFER *in dir!*

VIER JAHRE *zuvor*

»Fick mich.« Kikis schrille Stimme sorgt dafür, dass ich am liebsten umdrehen und zurück in den Ring steigen würde. Sie versucht, lasziv zu klingen, und in Anbetracht ihres Jobs hier im Club müsste sie es draufhaben, einen Mann mit ihrer Stimme um den Finger zu wickeln.

Aber ich bin nicht irgendein Kerl, der herkommt, um seinen Spaß zu haben. Kein Kerl, der eine Frau zu Hause hat und sie hier mit einer Nutte betrügt. Ich bin hier, weil ich hier hingehöre. Weil das hier seit Jahren mein Leben ist.

Dass ich mich hin und wieder an unserem Personal bediene, ist nur gerecht. Und Kiki konnte schon den ganzen Abend über ihre Augen nicht von mir lassen. Sie liebt es, mit dem Gewinner den Sieg auf ihre Weise zu feiern.

»Sei leise«, knurre ich und stoppe ihr Kichern mit einem Kuss. Sie trägt lediglich einen Slip und Nippel-Quasten. Sonst ist sie nackt. Durch ihre High Heels reichen ihre Augen bis zu meinem Kinn, ohne wäre sie sicher über einen Kopf kleiner als ich. Sie seufzt in meine Mundhöhle und ich greife in ihr welliges Haar. Bestimmend lange ich unter ihren Hintern, sodass sie ihre Beine um mich schlingt und sich von mir zum Schaufenster tragen lässt.

Normalerweise tanzen die Mädchen hier, um schaulustige Kerle anzulocken, die einen Kampf sehen und sich danach hier drin verwöhnen lassen wollen. So gewinnen wir die meisten Zuschauer.

Und letztendlich sind sie es, die uns finanzieren. Indem sie Wetten abschließen und ihr Geld später in der Nacht bei unseren Frauen lassen.

Das ist unser Business. Das ist es, was wir am besten können. Und die Summen, die hier an einem Abend fließen, sollten Beweis genug sein. Wir haben ein verdammtes Imperium erschaffen.

»Du lässt mich gern zappeln, hm?« Entgegen meiner Bitte, den Mund zu halten, flüstert sie diese Frage zwischen unseren Lippen. Ich presse meinen Mund dichter auf ihren, ohne ihr zu antworten. Meine Augen sind geöffnet und ich löse mich von ihr, um sie anzusehen.

Ihre blonden Locken reichen ihr bis zu den wohlgeformten Brüsten, die sie mir entgegenstreckt, indem sie den Rücken durchdrückt. Die Quasten wackeln aufgrund ihrer beschleunigten Atmung von links nach rechts.

Sie hat blaue Augen und die gefälschten Wimpern sorgen dafür, dass ihr Augenaufschlag alle Männer im Club um den Verstand bringt. Einschließlich meiner Wenigkeit.

Meine Finger krallen sich in das Fleisch ihrer Hüften, als ich sie auf der Sitzbank direkt am Fenster absetze. Sie spreizt ihre Beine, wickelt sich eine Strähne um den Finger und lächelt mich willig an. Dass sie feucht ist, kann ich anhand ihres nassen Slips sehen.

Ihre Haut ist blass, sodass sich der schwarze Spitzenstring deutlich davon abzeichnet. Kein Gramm Fett ist an ihrem durchtrainierten Körper zu finden.

Die Frauen hier müssen sportlich sein, wenn sie in dem Geschäft bestehen wollen. Immerhin gleicht es einem Hochleistungssport, an den Decken zu hängen und dabei auch noch eine gute Figur für die Zuschauer zu machen. Auch wenn das Hauptaugenmerk auf den Kämpfen liegt, gibt es immer Männer, die sich lieber an den Frauen ergötzen.

Wie ein Tier auf der Jagd schleiche ich mich an meine Beute heran, greife nach ihren Knien und schiebe sie noch weiter auseinander.

Langsam knie ich mich vor sie, lasse sie dabei aber in keiner Sekunde aus den Augen. Man sieht ihr an, dass es sie verrückt macht. Dass sie es liebt, von mir auf die Folter gespannt zu werden.

Vom Club dröhnt noch immer die Musik zu uns durch, vibrierend zieht sie durch den Raum. Man hört laute Männerstimmen, das Stöhnen von Frauen und grölende Menschenmassen. Dabei ist der Kampf längst vorbei. Die Party hingegen hat gerade erst begonnen, als ich schweißgebadet aus dem Ring stieg.

Ich denke, dass achtzig Prozent der Besucher an diesem Abend auf meinen Arsch gewettet und somit gewonnen haben. Noch jetzt kann ich das Blut dieses Schlappschwanzes auf meiner Zunge schmecken. Außer einem Schlag in die Magengrube ist es ihm nicht gelungen, mich kleinzukriegen.

Ich bin mir ziemlich sicher, dass dieses Weichei längst das Weite gesucht hat und nie wieder einen Fuß in dieses Gebäude setzen wird. Nicht freiwillig.

Weil sich mein Schwanz drängend gegen meine Jeans presst, fackle ich nicht lange und greife nach ihrem String. Quälend langsam ziehe ich ihr den Hauch von Nichts aus und werfe ihn über meine Schulter weg.

Ohne dass ich sie darum bitten muss, hat sie ihre Beine wieder gespreizt, sodass ich beste Sicht auf ihre Mitte habe. Mit den Fingern dringe ich ohne Vorwarnung hart in sie ein und entlocke ihr damit ein Stöhnen.

Kiki legt den Kopf in den Nacken, drückt ihn gegen die Scheibe des Schaufensters, und keucht auf, als ich mich rhythmisch in ihr bewege. Sie liebt es, dass ich sie in der Hand habe. Wortwörtlich.

Ihr Saft legt sich um meine Finger und das Blut sammelt sich pochend zwischen meinen Beinen. Keine Ahnung, wieso, aber nach einem Kampf ist diese Geilheit ein Dauerzustand.

»Oh, Rage«, krächzt sie, als stünde sie bereits kurz vor einem Orgasmus. Meine Finger fahren aus ihr heraus und gleiten anschließend durch ihre nassen Lippen. Ihre Knie zucken, als ich dabei ihren Kitzler streife.

Meine Hände lassen von ihr ab, stattdessen stehe ich auf, greife nach dem Knopf meiner Jeans, öffne ihn, und zerre sie mir herunter, bis sie mir in den Kniekehlen hängen.

Raunend ziehe ich ihren nackten Arsch dichter an den Rand der Sitzbank und befeuchte meine Finger mit meinem Speichel. Anschließend umgreife ich meinen Schwanz und dränge ihn gegen ihre Scham.

Da ich weiß, dass sie clean ist, brauche ich kein Kondom benutzen. Und sie würde mich niemals daran hindern, sie ohne Schutz zu nehmen.

Kiki stützt sich mit den Händen auf der Bank ab und drückt mir ihren Arsch dichter entgegen, sodass meine Spitze langsam in sie eindringt.

Weil ich schon viel zu lange keinen Sex mehr hatte und die Visage meines Gegners endlich aus dem Kopf bekommen möchte, stoße ich zu.

Ich fackle nicht lange. Beginne nicht langsam. Liebkose sie nicht, verwöhne sie nicht. Hierbei geht es nur darum, diese Bilder aus meinem Kopf zu bekommen. Darum, den Kampf zu vergessen. Das hier mache ich nicht für sie, sondern für mich und meine abgefuckten Gedanken.

Mein Ständer pulsiert im selben Takt, in dem mein Herz gegen meinen Brustkorb donnert. Es dauert nicht lange, bis wir unseren Rhythmus finden.

Ich kontrolliere ihre Lust. Halte inne, wenn sie kurz davorsteht, zu kommen. Nehme an Fahrt auf, wenn ihre Atmung herunterfährt. Ich lasse sie nicht verschnaufen, dafür genieße ich es zu sehr, die Kontrolle über ihren Körper zu haben.

Sie presst ihren nackten Rücken gegen die kalte Scheibe und stöhnt heiser auf. Ich bin mir sicher, dass wir etliche Besucher hier in unseren Club locken, wenn wir so gesehen werden. Während ich sie ficke, ohne Rücksicht auf Verluste.

Männer, die zu Hause keinen Sex mehr bekommen, wollen das, was ich hier mit ihr habe. Sie wollen Spaß. Wollen Druck ablassen. Und dafür ist ihnen kein Geld der Welt zu schade. Ein Geld, das am Ende der Nacht, wenn sie den Club verlassen, in unsere Taschen fließt.

»Bitte, Rage, lass mich kommen«, bettelt sie mich an. Am liebsten würde ich sie weiterhin zappeln lassen, doch weil sich mein Blut drohend in meinem Schwanz sammelt und ich nicht länger warten will, habe ich Erbarmen.

Ich dringe Stoß für Stoß tiefer und härter in sie ein. Ihre Feuchtigkeit umgibt mich, ebenso ihre Enge. Jede Bewegung bringt meine Nerven zum Zerreißen. Sekunden später kann ich ihr Zucken spüren, das von ihrem nackten Körper auf meinen übergeht.

Anstatt mich in ihr zu ergießen und ihrem Orgasmus zu folgen, ziehe ich mich zurück und sehe sie gierig an. Kiki öffnet flatternd ihre Augen und rutscht anschließend elegant und erschöpft von der Sitzbank herunter. Sie weiß genau, was ich will. Und sie wird es mir geben, ohne zu zögern.

Sekunden später kniet sie vor mir, nimmt meinen Schaft in ihre rechte Hand und führt meine Länge zu ihrem Mund. Ihre Lippen legen sich warm um mich, sodass ich mich knurrend in ihr versenke.

»Oh ja, Babe«, murmle ich, greife besitzergreifend in ihr Haar und kontrolliere die Geschwindigkeit ihres Blowjobs. Eines steht fest: Die Kleine kann nicht nur gut tanzen.

Ihre freie Hand wandert zu meinen Eiern, die sie zur selben Zeit mit ihren Fingern umspielt. Ich lege den Kopf stöhnend in den Nacken und genieße das leichte Würgen, das sie überkommt, wenn ich bis zum Anschlag in ihr bin.

Ihre Hand wandert hinauf zu meiner Brust, die vom Kampf immer noch nackt und blutbefleckt ist. Ob es ihr gefällt, dass sein Blut an mir klebt? Ob es sie anturnt? Ich bin mir sicher, dass sie nicht die einzige von unseren Frauen ist, die mich in ihrem Bett haben will.

Wenn ich wollte, könnte ich sie alle ficken, da bin ich mir sicher. Die Art und Weise, wie sie mich während eines Kampfes von ihren Podesten aus ansehen, spricht Bände.

Sie sind gierig. Sie sind geldgeil. Und ich habe Geld. Jedes Mal, wenn ich einen Kampf gewinne, mehr. Und sie wollen ein Stück von dem Kuchen abhaben, auch wenn er nach Verderben und Blut schmeckt.

Kikis Lippen umschließen meine Eichel, sie saugt an mir, während sie das Blut dieses Schlappschwanzes auf meiner Brust verteilt.

Die Bässe vom Club geraten in den Hintergrund, nur noch das schmatzende Geräusch ihrer Lippen, die mich umgeben, zählt noch. Ihre Titten wippen im selben Takt, in dem sie mich in sich aufnimmt.

Ich spüre, wie mein Blut wallend durch meinen Körper rast. Je enger sie ihren Mund um meine Härte schließt, desto näher komme ich dem Höhepunkt. Nur noch einmal vor und zurück und ich spritze der Kleinen heiß in den Mund.

Stöhnend öffne ich die Augen und blicke durch das Schaufenster nach draußen. Stand ich eben noch kurz davor, zu kommen, lenkt mich das Geschehen vor dem Club jetzt davon ab.

Ich greife bestimmend in ihre Locken und bringe sie zum Stoppen. Kiki sieht fragend zu mir auf, aber alles, was ich sehe, ist die Frau vor den Schaufenstern.

Sie trägt einen schwarzen Mantel, der ihr bis zu den Oberschenkeln reicht. Ängstlich krallt sie sich in dem Stoff fest und schlingt ihn um ihren Oberkörper. Unter dem Mantel kann ich ihre nackten Beine sehen …

»Rage? Was ist los?«, will Kiki wissen, doch ich lege ihr meine Hand vor den Mund, damit sie still ist. Die

Frau da draußen zieht mich in ihren Bann, ohne dass ich die Kontrolle darüber habe. Und dabei kontrolliere ich sonst alles!

Sie hat rotes Haar, das im Licht der Straßenlaternen verführerisch schimmert. Selbst aus der Entfernung kann ich ihre knallroten Lippen sehen, die einen Spalt offen stehen. Die blanke Angst schmückt ihr Gesicht.

Wovor sie wohl Angst hat? Und wieso kümmert es mich überhaupt? Vor mir kniet eine der attraktivsten Frauen im Club und doch kann ich meine Augen nicht von der Rothaarigen lassen. Wie alt sie wohl ist? Ihre Gesichtszüge sind weich, naiv, unerfahren. Vermutlich geht die Kleine noch zur Schule und weiß gar nicht, in welch gefährlichem Viertel sie sich momentan herumtreibt.

Mein Blick wandert von den Schuhen mit dem kleinen Absatz über ihre Knöchel hoch zu ihren nackten Oberschenkeln. Selbst von Weitem kann ich sehen, dass sie zittert.

Mein Schwanz, der kurz davorstand, zu erschlaffen, erwacht wieder zum Leben. Kiki scheint das als Einladung zu sehen, denn Sekunden später schiebt sie meinen Ständer zurück in ihren Mund.

Anfangs will ich es zulassen, will kommen, während die Kleine da draußen vor dem Fenster steht. *Sieh her*, knurre ich sie gedanklich an, aber dieses kleine Biest denkt nicht daran, mir ihre Aufmerksamkeit zu schenken.

Erst auf den zweiten Blick erkenne ich, wieso. Ein paar Meter vor ihr stehen zwei schwarze Gestalten. Diese Kerle können kaum mehr als siebzig Kilo wiegen und doch scheint sie Angst vor den Männern zu haben.

Als ich das nächste Mal zu ihr blicke, haben sie die beiden Männer schon an sich gerissen. Die strahlend weißen Zähne des Rechten blitzen diabolisch und siegessicher auf, während der andere seine Hände unter ihren Mantel schiebt. Sie windet sich, schreit aber nicht.

Ich bin mir sicher, dass ich ihre Schreie hören würde, egal, wie laut es hier drin ist. Ich höre alles. Ich sehe alles. Und es gefällt mir nicht, dass diese Männer sie in Panik versetzen.

Noch eine Weile stehe ich vor Kiki, ignoriere, dass sie sich für mich ins Zeug legt, und sehe dem Trio vor dem Schaufenster zu.

Doch als die Frau schließlich zu Boden geht und sich einer der beiden über sie beugt, stoße ich Kiki von mir weg und ziehe mir die Hose an.

»Was soll das? Ich bin noch nicht fertig!« Ein Lachen überkommt mich. Als wüsste ich das nicht am besten … Schließlich drängt sich mein Schwanz jetzt wieder pochend gegen den Stoff meiner Jeans. Ohne auf ihren Protest einzugehen, lasse ich sie am Boden kniend zurück und stürme aus dem Raum.

Die anderen Leute im Flur ignorierend, steuere ich den Hinterausgang des Clubs an und reiße die Tür auf. Sekunden später schlägt mir die kühle Nachtluft entgegen.

Die Kerle erstarren gleichzeitig und blicken sich erschrocken zu mir um, als ich halb nackt auf die Straße trete. Einer der beiden weicht zurück, der andere lässt sich von mir nicht einschüchtern. In diesem Moment versuche ich, mich nur auf diese beiden Luschen zu konzentrieren. Also ignoriere ich das Wimmern der Rothaarigen und gehe noch einen Schritt auf sie zu.

»Scheiße, Brian, lass uns gehen«, murmelt der Linke der beiden und zerrt seinen Freund am Ärmel mit sich. Dieser wehrt sich und wimmelt ihn kopfschüttelnd ab.

»Nein!« So sehr ich ihr leises Winseln auch ignorieren will, ich kann es nicht. »Ich würde sie loslassen, wenn du morgen die Sonne aufgehen sehen willst«, warne ich den Kerl, der kaum älter als zwanzig sein kann. Wissen sie nicht, mit wem sie es hier zu tun haben?

Der Typ lässt von der Frau ab und baut sich vor mir auf. Nur, dass er seine Größe anscheinend überschätzt. Er müsste sich auf die Zehenspitzen stellen, um mir das Wasser zu reichen.

Ich dränge ihn gegen die Wand des gegenüberliegenden Gebäudes und sehe ihn intensiv an. War er anfangs noch entspannt, kann man ihm jetzt die Angst ansehen.

Meine Hand schnappt blitzschnell nach seinem Hals, sodass ich seine Kehle druckvoll zerquetsche. Der Kerl japst nach Luft, während der andere auf mich einredet.

»Hey, hör zu … wir gehen einfach, okay?« Er versucht, die Situation zu entschärfen, aber ich bin niemand, den man entschärfen kann.

»Damit ihr dann morgen Nacht die nächste Frau belästigt?«, frage ich in zynischem Unterton und denke gar nicht daran, von dem Halbstarken abzulassen.

Seine Beine baumeln in der Luft, ich halte ihn lediglich an seiner Kehle fest. Luftjapsend windet er sich unter mir.

»Bitte, wir werden niemanden mehr belästigen«, bettelt wieder der andere. Innerlich gehe ich meine Möglichkeiten durch.

Ich könnte den Kerl vor mir mit einem gezielten Schlag auf den Kehlkopf töten. Oder ich lasse ihn gehen und suche ihn nachts in seinen Albträumen heim.

Ich nähere mich seinem Ohr und flüstere ihm meine Entscheidung zu. Sobald mein Atem auf seine Haut trifft, zuckt er zusammen.

»Wenn du dich noch einmal hier blicken lässt, zertrümmere ich dich mit bloßen Händen, hast du das verstanden?« Als Antwort nickt der Kerl schwach, weil ihm die Luft ausgeht.

Angewidert lasse ich von ihm ab, sodass er zu Boden gleitet und beinahe auf die Schnauze fliegt, als er rennend das Weite sucht. Schon Sekunden später sind ihre schwachen Silhouetten am Ende der Gasse alles, was von ihnen zurückbleibt.

Ich stehe versteinert da, spüre ihre Anwesenheit auf mir wie eine zweite Haut. Die Frau kriecht von mir weg über den kalten Asphalt, als ich mich umdrehe.

Man sieht ihr an, dass sie Angst vor mir hat. Wieso zum Teufel hat sie Angst vor mir? Habe ich ihr nicht gerade den süßen Arsch gerettet?

Ihr Blick haftet an meiner nackten Brust und plötzlich fällt es mir wie Schuppen von den Augen. Das Blut ... Sie sieht das Blut des Verlierers auf meiner Brust.

Ihre Augen wandern tiefer, vorbei an meinem Sixpack und dann bleibt sie schluckend mit dem Blick an meinem Schritt hängen. Sie sieht, dass ich hart bin. Sie sieht, dass ich nur eines will. Und das liegt am Boden vor mir.

Ob sie denkt, dass ich es ihretwegen bin? Ich hoffe es. Etwas an diesem überaus hübschen Gesicht hat es mir angetan, nur kann ich nicht benennen, was es ist. Was die Kleine in meinen Augen so besonders macht. Sie ist nicht anders als die Frauen im Club. Oder?

Als ich einen Schritt auf sie zumache, weicht sie noch weiter zurück. Ihre Lippen beben und ihre grauen Augen sind panisch aufgerissen.

Ihre roten Haare hängen ihr im Gesicht und ich stelle mir vor, wie es wäre, mich in ihrem hübschen roten Mund zu versenken. Ich bin mir sicher, dass sie mich innerhalb von Sekunden zum Kommen bringen könnte ... Selbst wenn sie nicht aussieht, als hätte sie schon mal einen Schwanz im Mund gehabt.

»Du solltest dich künftig von diesen Gassen fernhalten. Vor allem Samstagnacht«, raune ich und gehe an ihr vorbei, anstatt ihr aufzuhelfen. Die Angst in ihrem Blick sagt mir ohnehin, dass sie mich nicht freiwillig anfassen würde.

Was für eine Verschwendung ...

Ich hingegen würde sie, ohne zu zögern, mit in den Club nehmen und ihr am Schaufenster zeigen, wie gern ich sie anfassen würde. Wo ich sie überall berühren würde ... Ja, ich könnte dieses zarte Ding zum Schreien bringen, wenn sie mich lassen würde.

Sicherlich müsste ich sie nur küssen und sie würde schon unter mir erzittern. Erfahren werde ich es vermutlich nie. Die Kleine wird unseren Club nie freiwillig betreten.

Ohne sie ein weiteres Mal anzusehen, stoße ich die Tür des Hintereingangs auf und verschwinde in der Dunkelheit des Palace of Pain.

Nur im Hintergrund kann ich ihre Stimme hören, die ein leises Danke in die Nacht flüstert. Ich verdränge die Bilder von der Kleinen auf den Knien vor mir und mache mich zurück auf den Weg zu Kiki, um das zu beenden, was die Rothaarige in meinen Gedanken begonnen hat ...

IN DUNKLEN *Nächten*

»Achte auf deine Körperspannung, Yuna!« Meine Hände schwitzen, sodass ich keinen festen Griff habe, als ich mich in die Position des Swallow begebe. Doch sobald ich kopfüber an der Stange hänge, dreht sich alles. Mir wird schlecht und ich muss mir größte Mühe geben, nicht weiter nach unten zu rutschen und mir am Boden das Genick zu brechen.

Mrs. Smith, meine Trainerin seit sieben Jahren, tritt mit gerunzelter Stirn vor meine Stange und stemmt die Hände in die Hüften. Da ich immer noch kopfüber in der Luft hänge, sehe ich alles verkehrt herum. Ihre in Falten gelegte Stirn, ihre für ihren zierlichen Kopf viel zu große Brille und die starr aufeinandergepressten Lippen. Mist, sie ist echt sauer!

»Komm runter, bevor du dir das Genick brichst«, befiehlt sie mir mit ihrer belehrenden Stimme, sodass ich mich schnaufend in eine angenehme Position begebe, um mehr oder weniger elegant von der Stange zu rutschen. Sobald meine Füße in den mörderisch hohen High Heels den Boden des Trainingssaals berühren, atme ich erleichtert auf. Der Schweiß steht mir auf der Stirn, genauso wie Mrs. Smith die Enttäuschung ins Gesicht geschrieben ist.

Maggy, die neben mir trainiert, wirft mir ein Handtuch zu, mit dem ich mir den Schweiß wegwische und es mir anschließend über die Schulter werfe.

»Es tut mir leid, ich probiere es gleich noch mal. Ich war in Gedanken nicht ganz da«, murmle ich eine halbherzige Entschuldigung, die meine Trainerin nicht zufriedenstellt. Sie sieht mich aus ihren erfahrenen Augen musternd an und seufzt leise.

»Yuna, du trainierst mittlerweile jeden Tag und doch machst du keine Fortschritte mehr. Sag mir, willst du das hier nicht mehr? Dann kann ich deinen Platz auch jemand anderem geben. Du weißt, dass die Mädchen draußen regelrecht Schlange stehen, um einen Platz zu ergattern.«

Allein die Tatsache, dass sie mich nach sieben Jahren einfach auswechseln will wie einen alten Schlüpfer, lässt mich trotzig werden. Doch wenn ich eines in den letzten Jahren gelernt habe, dann das: Man sollte sich mit dieser Frau nicht anlegen.

»Nein, ich will es! Ich bin nur so müde«, gestehe ich ihr, auch wenn ich nicht weiß, wo diese Müdigkeit herkommt. Eigentlich sollte ich vor Lebensfreude sprühen, immerhin habe ich endlich den Schritt gewagt, mich von meinem Vater zu lösen.

Keine zwielichtigen Samstagabende mehr mit noch zwielichtigeren Männern am Tisch. Keine Gespräche mehr über Geld, Macht und Sex. Keine frauenverachtenden Sprüche aus den Mündern dieser Monster mehr.

Keine schmierigen Hände, die denken, dass sie mit mir machen können, was sie wollen. Sie haben mich nie wirklich bedrängt, aber ihre Blicke haben Bände gesprochen.

Und doch kreisen meine Gedanken seit Tagen um das, was jetzt aus mir wird. Ich weiß nicht, was ich mit meinem Leben anfangen soll. Das Tanzen im Dancing Like Stars ist alles, was mir bleibt. Es ist das Einzige, was mir noch Spaß macht.

»Ach, Kind«, seufzt sie verzweifelt, als wäre sie eine Mutter, die gerade mit ihrer pubertierenden Tochter das erste Mal ein Gespräch über Sex führt.

Vom Alter her könnte sie wirklich meine Mutter sein. Und vielleicht habe ich in ihren braunuen Augen auch immer die Augen meiner Mutter gesucht. Vielleicht habe ich mich deshalb immer so wohl bei ihr gefühlt.

Weil ich versucht habe, einen Weg zu finden, ihr nah zu sein, obwohl sie nicht mehr bei uns ist. Wieder keimt die Wut in mir auf, die mich beinahe zerspringen lässt.

Ich denke an die letzten Jahre mit meinem Vater. Dem Mann, der mein Leben mehr als einmal auf seine Weise zerstört hat. Er hat das Leben so vieler Menschen ruiniert, dass ich aufgehört habe, sie zu zählen. Der Gedanke an sein Gesicht lässt mich würgen. Nur, dass ich es herunterschlucke, bevor ich Mrs. Smith auf die Schuhe kotze. Dann würde sie mich vermutlich gleich austauschen.

Im Augenwinkel kann ich sehen, dass Maggy die neuen Figuren mit Bravour meistert, während ich wie ein Schlückchen Wasser an der Stange hing und vergeblich versucht habe, gut dabei auszusehen.

»Wo ist deine Kondition hin, Kind? Du musst wieder mehr trainieren. Am besten, du kommst nur noch zwei Mal die Woche her und ersetzt die restlichen drei Trainingseinheiten durch Cardio.« Man kann ihr ansehen, dass sie gedanklich meinen neuen Trainingsplan zusammenstellt.

»Aber-« Ich will protestieren, weil ich mich viel lieber hier als auf der Straße auspowere, aber mir fehlen die Argumente. Ich könnte zwar auch in ein Studio gehen, aber da fühle ich mich – unter den Augen der ganzen Männer – nur unwohl.

Außerdem liebe ich es, spät in den Abendstunden zu trainieren. Auf keinen Fall kann ich abends durch Atlanta joggen … Es wäre kein Wunder, wenn ich abgefangen werde. Schließlich wäre es nicht das erste Mal.

Jedes Kind weiß bereits, dass die Straßen nachts nicht sonderlich sicher sind. Und das ist es, was ich will: Sicherheit. Sonst hätte ich gleich bei meinem Vater bleiben und weiterhin nach seiner Pfeife tanzen können.

Schon die Vorstellung daran, wieder bei ihm zu sein, macht mich fuchsteufelswild. Da schlafe ich lieber unter einer Brücke ... oder eben bei Maggy.

Seit mittlerweile einem Monat wohnen wir zusammen und ich kann mir schon jetzt keinen schöneren Ort zum Leben vorstellen. Nichts kann den Abenden mit ihr das Wasser reichen. Wir brauchen nur uns, eine gute Serie und Schokolade. Das ist es, was das Leben einer jungen Frau ausmachen sollte. Kein Blut, keine heimtückischen Geschäfte und keine kriminellen Machenschaften. Das ist er also: der Fluch, eine Raven zu sein. Zu dem Mann zu gehören, der Familie mit Geschäft verwechselt.

Der Mann, dem kein Menschenleben zu schade ist, es zu opfern. Ein Wunder, dass er mich noch niemandem angeboten hat ... Er definiert Liebe mit Macht.

»Erde an Yuna?« Nur die genervte Stimme meiner Trainerin schafft es, mich gedanklich zurück ins Studio zu holen. Ich blicke zu ihr auf und spüre, dass ich rot anlaufe, weil mir meine Unachtsamkeit peinlich ist. Ich bin nicht auf den Mund gefallen, aber diese Frau strahlt eine ungemein einschüchternde Autorität aus.

»Was soll ich nur mit dir machen, hm?« Ihre Frage gilt mehr sich selbst und doch antworte ich ihr wie aus der Pistole geschossen.

»Mich trainieren, damit ich die Beste werde.« Beinahe salutierend straffe ich die Schultern und suche innerlich nach der Körperspannung, die ich gerade an der Stange hätte gebrauchen können. Ihre Augen leuchten auf und Sekunden später umspielt ein Lächeln ihre starren Lippen. Eis gebrochen, Yuna! Jackpot! Jetzt muss ich ihr nur noch beweisen, dass ich nicht nur leere Versprechen mache.

»Na dann müssen wir uns ranhalten. Zurzeit ist Maggy dir überlegen, Kleines.« Sie versucht, meinen Kampfgeist zu wecken. Und es klappt!

Maggy und ich würden uns nie als ernsthafte Konkurrenz ansehen, dafür lieben wir uns zu sehr. Schon seit wir uns hier im Studio vor sechs Jahren kennengelernt haben, sind wir unzertrennlich.

Sie kennt meine verrückten und zerrütteten Familienverhältnisse. Sie weiß, dass der große und dunkle Francis Raven mein Vater ist, und verurteilt mich nicht für das, was ich bin.

Schließlich habe ich mir nicht ausgesucht, dazuzugehören. Könnte man sich eine Familie aussuchen, wäre ich vermutlich die Strebertochter einer spießigen, deutschen Familie. Ja, ein Leben fernab hiervon schwebt mir vor und lässt mich träumen.

Ich wäre gern ein Mädchen gewesen, dessen einzige Sorge es ist, keine Eins Plus mit Sternchen in der letzten Klausur bekommen zu haben.

Die Realität könnte kaum sarkastischer sein. Wenn meine Freunde nach dem Unterricht ein Eis essen gegangen sind, musste ich zurück in die Villa. Waren sie nachts aus, habe ich in meinem Bett gelegen und meinen Eltern beim Streiten zugehört.

Mehr als einmal sind Tassen und Teller an der Flurwand zersprungen. Eine Raven zu sein, ist Fluch und Segen zugleich. Man ist gefangen, trägt diesen Ruf mit sich herum wie eine schwere Last.

Und doch muss ich nur meinen Nachnamen laut aussprechen, und die Männer, die mich unsittlich berühren wollen, suchen das Weite. Die meisten zumindest … Ausnahmen gibt es immer.

Ich werfe Maggy einen herausfordernden Blick zu, den sie mit einem Kussmund quittiert, als sie elegant aus der Position des Seat gleitet und sich vor mir gackernd verneigt.

Anerkennend stelle ich mir meine Freundin auf der großen Bühne vor. Sie weiß genau, wie sie sich bewegen muss, um die Aufmerksamkeit auf sich zu lenken.

Dazu trägt sie ihre pinken Haare mit solcher Anmut, dass sie einem einfach ins Auge sticht. Das Rot meiner Haare sorgt auch für einige Blicke, aber es ist nicht dasselbe Staunen wie bei Maggy.

»Ich übe mit ihr, versprochen!«, ruft sie uns zu und entlockt unserer Trainerin ein zufriedenes Nicken. Es gibt keine Mitbewohnerin, die besser zu mir passen könnte. Wir sehen nicht nur gern dieselben Serien und vergöttern Hawaii-Pizzen, nein.

Durch unsere gemeinsame Leidenschaft sind wir uns näher, als ich sonst jemandem war. Nur meine Mutter kam an dieses Level der Vertrautheit heran, als sie noch am Leben war.

»Sehr schön. Dann machen wir für heute Schluss, Mädels. Wir sehen uns am Freitag wieder. Und du-« Sie sieht mich funkelnd an. »Denkst bitte an deine Cardioeinheiten! Wenn du nicht ins Studio gehen willst, schnapp dir ein Fahrrad oder geh joggen.« Mit diesen Worten verlässt uns Mrs. Smith und verschwindet in ihrem Büro am Ende des Saals.

Ich wische mir ein letztes Mal den Schweiß von der Stirn, bevor Maggy zu mir kommt und sich die High Heels von den Füßen streift. Eilig bückt sie sich und schnappt sich die Riemchen der Schuhe, sodass sie in der Luft baumeln.

»Nun komm schon, du hast sie gehört. Feierabend! Zu Hause warten ohnehin Sam und Dean auf uns«, surrt sie und entlockt mir ein Lachen.

War ja klar, dass wir den Abend mit den Supernatural—Brüdern verbringen werden. Einen Moment stehe ich noch festgewurzelt vor meiner Stange, bevor ich wortwörtlich die Beine in die Hand nehme und meiner Freundin zu den Umkleideräumen folge …

***

Bereits am nächsten Tag folge ich den Anweisungen meiner Trainerin und gehe nicht ins Tanzstudio. Stattdessen fülle ich mir in unserer Küche eine Flasche mit Wasser voll und nehme einen kräftigen Schluck daraus.

»Hey, wo willst du denn hin?« Maggy tritt in Schlabberhose und Tanktop in die Küche und mustert mich mit Argusaugen. Anscheinend geht auch sie heute nicht zum Training, sondern verbringt den Tag hier auf der Couch. Nachdem das Wasser meine Kehle befeuchtet hat, antworte ich.

»Joggen gehen, wonach sieht es denn sonst aus?« Ich verschließe die Wasserflasche, krame mein Handy hervor und öffne vorkehrend meine Playlist, die mich beim Sport motivieren soll. Noch bevor ich den ersten Song anspielen kann, reißt Maggy mir die Kopfhörer aus den Ohren und funkelt mich entsetzt an.

»Hast du mal auf die Uhr gesehen? Es wird gleich dunkel! Du hattest doch den ganzen Tag Zeit dafür!« Ich werfe einen Blick nach draußen und zucke mit den Schultern.

Ja, ich hatte gestern gesagt, dass ich nie abends joggen gehen würde … und doch konnte ich mich erst aufraffen und meine Sportkleidung anziehen, als die Sonne unterging.

Keine Ahnung, wieso, aber tief in mir bin ich wohl einfach eine Nachteule. Ich liebe die Lichter der Stadt, die erst im Dunkeln zur Geltung kommen.

Nachts sieht man das Elend der Straßen nicht so klar und deutlich. Nachts verschwimmt alles zu einem Brei aus Licht und Schatten. »Ich kann schon auf mich aufpassen«, wimmle ich sie ab und dränge mich an ihr vorbei. Maggy stellt sich mir jedoch Sekunden später wieder in den Weg und versperrt den Ausgang.

»Du hast doch selbst immer gesagt, dass man nachts aufpassen muss! Was ist nur in dich gefahren?« Wenn ich ehrlich bin, frage ich mich seit Tagen dasselbe. Nur, dass ich die passende Antwort darauf nicht finde, egal, wie tief ich in meinem Inneren danach grabe.

»Ich kann halt nur abends Sport machen und jetzt lass mich durch!« Ich schiebe Maggy behutsam zur Seite, steige in meine Turnschuhe, schnappe mir meine Schlüssel und gebe ihr zum Abschied einen Kuss auf den Mund.

»Vielleicht drehe ich zwei Extrarunden, also warte nicht auf mich, wenn du müde bist.« Ohne auf ihre Antwort zu warten, öffne ich die Tür und husche nach draußen. Schmunzelnd steige ich die Treppen hinab, weil ich ihre Flüche durch den Flur hören kann. Ich liebe diese Frau!

***

Wie erwartet, fasziniert es mich, die Stadt bei anbrechender Nacht zu sehen. Die tanzenden Lichter, die vorbeifahrenden Autos, die hellen Punkte, die sich auf dem Wasser spiegeln.

Nur selten begegne ich Menschen. Bis jetzt waren es jedoch zu meinem Glück nur harmlose Jugendliche, die keine Lust hatten, den Abend daheim bei ihren Eltern zu verbringen. Am liebsten hätte ich an einer Traube Jugendlicher angehalten und mit ihnen ein Bier getrunken und ausgelassen getanzt.

Es ist, als würde ich all das nachholen wollen, was ich in meiner Jugend im Raven-Käfig verpasst habe. In diesem Moment würde ich vermutlich auch zu einem Joint Ja sagen, obwohl ich im Allgemeinen nicht viel von diesem Kraut halte. Es stinkt nicht nur bestialisch, es ist einfach unnötig. Abgesehen von den medizinischen Eigenschaften.

Ich krame mein Handy aus meiner Tasche und skippe den Song von Justin Bieber weiter. Zufrieden drehe ich die Musik lauter, als Treat You Better von Shawn Mendes erklingt. Schnell stopfe ich das Handy zurück in die Tasche meiner Jogginghose und hebe den Kopf.

In einigen Metern Entfernung stehen zwei Männer auf dem Bordstein und denken nicht mal daran, mir Platz zu machen. Normalerweise würde ich sofort umdrehen, um der Konfrontation aus dem Weg zu gehen, aber heute ist etwas anders. Ich bin es satt, mich vor Männern zu verstecken.

Also atme ich ruhig ein und aus, bevor ich direkt auf sie zusteuere. Starr richte ich den Blick nach vorn, ohne ihnen meine Aufmerksamkeit zu schenken.

»Sieh dir die Kleine an. Die hat bestimmt einen Superbody unter dem Jogginganzug«, höre ich einen der beiden trotz der Musik murmeln. Gekonnt ignoriere ich die Antwort des anderen. Als ich kurz vor ihnen ankomme, hüpfe ich eilig vom Bordstein herunter und überhole sie.

Zu meinem Erstaunen sagen die Kerle nichts mehr, sie lassen mich einfach vorbeigehen, ohne mich direkt anzusprechen. Symbolisch wische ich mir den Schweiß von der Stirn und ein Lächeln huscht über mein Gesicht. Diese Begegnung hat mir gezeigt, dass ich mich nicht verstecken muss.

Vermutlich wollen diese Kerle genau das: ein Mädchen, das verängstigt vor ihnen wegrennt, damit sie ihren Jagdinstinkt der Steinzeit ausleben können. Schließlich macht es keinen Spaß, einer Beute hinterherzujagen, die gefressen werden will.

Die samtene Stimme von Shawn hüllt mich ein, als ich ein verlassenes Viertel auf meiner Route erreiche. Kaum eine Menschenseele befindet sich hier, also fasse ich den Entschluss, schnell weiterzurennen. Es ist mittlerweile sicher schon kurz vor Mitternacht und meine Coolness reicht auch nur bis zu einem bestimmten Grad.

Meine Haut ist von Schweiß benetzt, meine Lunge schmerzt und ich habe Seitenstechen. Mist, ich sollte dringend öfter Cardio betreiben, Mrs. Smith hat recht. Im Pole Dance kommt es nicht nur darauf an, gut auszusehen. Für die Zuschauer ist es nur das. Für uns ist es viel mehr.

Eine Mischung aus Fitness, Konzentration, Körperspannung und Eleganz. Noch heute frage ich mich, wie mein Vater damals mit diesem Sport einverstanden sein konnte, immerhin hat er mir sonst beinahe alles verboten.

Ist es nicht albern, dass er mich von Drogen und Alkohol fernhalten wollte, obwohl er mit Ersterem genug Erfahrungen hat? Schließlich ist er der Drahtzieher, wenn es um das wirklich harte Zeug geht.

Schnell verdränge ich den Gedanken an meinen Erzeuger und ignoriere die Seitenstiche, die sich durch meinen Körper wie eine Welle ziehen. Meine Turnschuhe geben schmatzende Geräusche von sich und meine Atmung geht mit jedem passierten Schritt schneller.

Ich achte nicht mehr auf die Gebäude oder die Lichter der Nacht, stattdessen will ich einfach nur raus aus diesem Viertel und zurück nach Hause. Sollte mir jetzt etwas passieren, wird Maggy nicht einmal auf mich warten. Mist.

Plötzlich kommt mir der Gedanke, jetzt hier auf den Straßen zu sein, nicht mehr so mutig, sondern dumm vor. Hier riecht es förmlich nach Verderben.

Tagsüber würde niemand vermuten, dass hier nachts die übelsten Geschäfte betrieben werden. Erst, wenn die Sonne untergeht, kommt die Hässlichkeit aus ihren Löchern gekrochen wie die Ratten in einem verlassenen Gebäude.

Mit jedem Schritt, den ich mache, verstärkt sich das Stechen in meinem Körper und ich ringe schon hechelnd nach Luft. Kurz schließe ich die Augen, weil ich weiß, dass vor mir niemand ist und ich freien Lauf habe.

Doch gerade, als ich mich entspannen und mir sagen will, dass alles gut wird, werde ich ruckartig zurückgerissen. Schmerzen sammeln sich in meinen Armen, an denen ich kraftvoll gepackt werde.

Ich will mich umdrehen und den Verursachern meiner Schmerzen in die Augen sehen, aber ich bin in diesem Griff machtlos.

Woher ich weiß, dass es mehrere sind? Nenn es Intuition. Definitiv vermischen sich um mich herum die Gerüche verschiedener Menschen.

Auf die Schnelle identifiziere ich meine Angreifer als eine Gruppe aus mindestens drei Leuten. Vermutlich Männern. Einer riecht nach Minze, der andere nach Zigarre und der dritte nach Schnaps.

Es ist nicht das erste Mal, dass ich abgefangen werde, doch dieses Mal fühlt es sich anders an. Die Männer zeigen sich mir nicht, stattdessen presst mich einer von ihnen energisch gegen seine Brust.

Mein Schweiß vermischt sich mit den Gerüchen der anderen, als eine Stimme ertönt. Sie ist dunkel und dreckig ... sie ekelt mich regelrecht an.

»Gott, wenn wir sie mitnehmen, muss die Süße erstmal duschen gehen, die stinkt ja wie ein Iltis!« Beinahe kann ich sehen, wie die Männer gleichzeitig ihre Nasen rümpfen.

Ich will ihnen schon sagen, dass sie die Schnauze halten sollen, als mir einer von ihnen etwas Spitzes in den Arm jagt.

Die Nadel durchsticht mit Leichtigkeit meine Trainingsjacke und gleitet in meine Haut, als wäre ich aus Butter und nicht aus Fleisch und Blut.

War ich bis eben noch entspannt, reiße ich jetzt panisch die Augen auf und winde mich unter dem Griff des Mannes, der mich immer noch an sich drückt.

»Lasst. Mich. Gehen!«, presse ich qualvoll hervor, doch die Männer lachen als Antwort nur. Galle kocht in mir hoch und mir wird übel, begleitet von diesen dunklen Nebelschwaden, die vor meinen Augen auf und ab tanzen. Maggy wird glauben, dass es mir gut geht … Sie wird schon schlafen, während ich hier bin. Allein.

Natürlich weiß ich, dass sie mich betäubt haben. Dass die klare Flüssigkeit in meinen Venen mein Ende bedeutet. Immer blickdichter wird der Nebel und ich sehe nichts mehr.

Alles, was ich spüre, ist eine bleierne Leere. Sie umgibt mich wie ein Kleid aus Bewusstlosigkeit. Ein Kleid aus unausgesprochenen Gedanken und Gefühlen … Nur noch das Lachen der Männer ist klar und deutlich. Ihre Stimmen schneiden sich bohrend in meine Haut.

»Ich bin die Tochter von Francis Raven.« Eigentlich will ich ihnen damit drohen, doch meine Stimme gleicht nur noch einem schwachen Flüstern. Nichts Bedrohliches liegt in ihr. So kann ich sie nicht davon abhalten, mich mit sich zu nehmen.

»Da, wo wir dich hinbringen wollen, interessiert das niemanden, Süße.« Die Männer nehmen mir meine Hoffnung auf Rettung ... Wie konnte ich nur so dumm sein und nachts auf die Straßen gehen? Das hier ist mein Preis. Sekunden später verschluckt mich der Nebel gänzlich und die Krallen der Männer ziehen die Korsage aus Bewusstlosigkeit enger ... Ich falle.

PALAST DER
Schmerzen

Wasser umgibt mich. Doch ich bin zu schwach, um mich gegen die Tiefe zu wehren, stattdessen lasse ich mich treiben. Der Duft nach Gardenie steigt mir in die Nase und ich entspanne mich, auch wenn ich mich nicht entspannen sollte.

Ich weiß genau, dass ich nicht in Sicherheit bin. Weiß, dass ich betäubt und mitgenommen wurde. Die Frage ist also nur noch: Wo bin ich?

Warme Hände berühren mich, schäumen mich ein, sodass der Duft noch intensiver wird. Verdammt! Jemand badet mich! Mein Verstand ist halbwegs zurückgekehrt, aber mein Körper ist noch immer so schlapp, dass ich die Augen nicht öffnen kann.

Das Plätschern des Wassers ist alles, was ich hören kann. Ansonsten gibt die Person, die mich wie ein Kind badet, keinen Laut von sich. So leise ... viel zu leise. Das Wasser in der Badewanne ist so heiß, dass es mich beinahe verbrüht. Aber eben nur beinahe ... Die Schmerzen zeigen mir, dass ich noch am Leben bin.

Irgendwie. »Was«, krächze ich, doch meine Stimme bricht wieder ab. »Sch, du musst wieder zu dir kommen«, antwortet mir jemand. Ich kann unter dem Rauschen des Wassers nicht einmal feststellen, ob die Stimme männlich oder weiblich ist. Ob es ein Mann oder eine Frau ist, die mich hier so intim wäscht.

Wo zur Hölle bin ich hier?

Gedanken.

Erinnerungen.

Schwärze.

Ich versuche, mir auszumalen, wer mich entführt haben könnte, komme aber zu keinem eindeutigen Ergebnis. Mein Vater hat mehr als einen Feind. Genauso gut könnte er es auch selbst gewesen sein, um mich zurück in die Villa zu holen.

Doch so sehr ich auf dieses Szenario hoffe, ich glaube es nicht. Ich wüsste, wenn ich in meiner Badewanne liegen würde ... Diese hier hat eine andere Form.

»So, und nun komm raus.« War die Stimme bis eben noch sanft und liebevoll, strotzt sie nun vor Hässlichkeit. Arme greifen unter meine Achseln und so werde ich aus der Wanne gezerrt. Meine Beine sind von der Betäubung noch schwach, sodass ich fast zur Seite kippe.

Das Nächste, was ich spüre, ist ein weicher Stoff an meiner Haut, der mir die Nässe nimmt. Ich werde abgetrocknet ... und ich bin zu schwach, um mich dagegen zu wehren.

»Was wollt ihr von mir?«, frage ich schluckend, halte die Augen weiterhin geschlossen. Als mir die Stimme jetzt antwortet, weiß ich, dass eine Frau vor mir steht. Es sollte mich nicht erleichtern und doch fällt eine kleine Last von meinen Schultern.

»Nur wer tanzt, kann den Himmel schmecken«, ist ihre Antwort. Verwirrt lege ich die Stirn in Falten und versuche, aus ihrer Antwort schlau zu werden. Doch ich komme zu keinem brauchbaren Ergebnis.

Sobald ich trocken bin, wird eine Tür geöffnet. Eine warme Hand legt sich in meinen Rücken und schiebt mich aus dem Raum.

Aus den kalten Fliesen unter meinen Sohlen wird ein warmer Teppich. Ohne dass ich etwas hiervon kontrollieren kann, falle ich zurück in die Bewusstlosigkeit …

***

Als ich das nächste Mal wieder zu Bewusstsein komme, zittere ich am ganzen Körper wie Espenlaub. Meine Finger krallen sich an etwas fest, das ich nicht identifizieren kann. Ob ich immer noch in dem Raum mit dem Teppich bin?

Ich liege auf etwas Weichem, vermutlich auf einem Bett oder einer Matratze. Der Duft nach Waschmittel steigt mir in die Nase und hüllt mich ein. Auch wenn der Nebel immer noch durch meine Venen zieht, schaffe ich es letztendlich, die Lider aufzuschlagen.

Anfangs sehe ich nur eine Mischung verschiedener Farben. Rot, Beige, Blau. Mit jedem Augenaufschlag verschärfen sich die Konturen. Mein Blick ist starr auf die Decke dieses Zimmers gerichtet, und als ich mich selbst sehe, erstarre ich.

Ich liege wie erwartet auf einem Bett, über mir die Decke, an der ein Spiegel angebracht ist, sodass ich mich sehen kann.

Ich bin nackt. Splitterfasernackt liege ich auf diesem Bett und blicke mir in die aufgerissenen Augen. Eine blaue Decke liegt unter mir, der Teppich am Boden ist blutrot und die Zimmerdecke beige. Daher die Farben … Und mittendrin: ich. Mein durchtrainierter Körper, meine zusammengepressten Beine. Mein panischer Gesichtsausdruck.

»Endlich bist du wach«, ertönt plötzlich die Stimme eines Mannes, die mich hochfahren lässt. War ich bis eben noch nicht bei mir, bin ich jetzt hellwach. Der Nebel ist verschwunden, dafür zeigt sich mir die Realität in all ihrer Grässlichkeit.

Es dauert einen Moment, bis ich den Mann am Ende des Raumes entdecke. Sein Gesicht liegt im Schatten, ich kann nur seinen Körper sehen, der in einem Anzug steckt. Sein rechtes Bein liegt auf seinem linken Knie, in der einen Hand hält er eine Zigarre, in der anderen einen Drink.

Instinktiv greife ich mir die Decke unter mir, zerre sie hervor und bedecke damit meinen Körper. Panisch blicke ich mich in dem Raum um. Er ist riesig, ausgestattet mit einem großen Spiegel, einem Schminktisch und einer Sitzecke aus rotem Samt. Ich halte nach meiner Kleidung Ausschau, aber ich entdecke nichts, das meiner Sportkleidung ähnlich sieht. Ein leises Lachen durchflutet den Raum und lässt mich erschaudern.

»Du brauchst dich nicht zu verstecken, Yuna. Du hast einen wunderschönen Körper«, säuselt die schwarze Gestalt und verstärkt mein Zittern.

»Woher kennst du meinen Namen?«, will ich barsch wissen. Ich habe den Kerlen meinen Vornamen nicht verraten. Doch wenn sie meinen Vater kennen, wissen sie vermutlich auch, wie ich heiße. Nicht nur er ist wie ein bunter Hund in den Straßen Atlantas bekannt.

»Das spielt keine Rolle. Ich will, dass du mir deinen Körper zeigst.« Galle steigt in mir auf, als ich verstehe, was dieses Monster von mir verlangt. Während ich mich in der Decke festkralle, schüttle ich panisch den Kopf.

»Zeig. Mir. Deinen. Körper!«, donnert er und umgreift das Glas in seiner Hand so fest, dass ich selbst aus dieser Entfernung die Adern an seinem Handrücken sehen kann. Weil ich weiß, dass ich mit solchen Menschen nicht spaßen sollte, lasse ich schließlich die Decke fallen und entblöße mich. Sein wohliges Seufzen entlockt mir ein Würgen.

»Du hast wunderschöne Brüste, Yuna. Und dieses Sixpack ... du wirst die ganze Aufmerksamkeit des Publikums auf dich ziehen.«

Der Mann steht auf und tritt aus dem Schatten, doch sein Gesicht bleibt hinter einer schwarzen Maske verborgen. Das Einzige, was ich an ihm erkennen kann, sind die grünen Augen, die unter der Maske hervorblitzen.

Der Mann lässt seine Zigarre zu Boden fallen und tritt sie schwungvoll aus, bevor er zu mir herüberkommt. Vor dem Bett bleibt er stehen, stellt sein Glas auf dem Nachttisch ab und streicht mir durch das Haar, sodass ich mich unter ihm winde.

»Wo bin ich hier?«, frage ich ihn zitternd und versuche, nicht zu weinen. Wenn ich stark bleibe, werden sie schnell sehen, dass sie mich nicht kleinkriegen. Ich wurde schon oft unsittlich berührt, das hier ist nichts Neues für mich.

»Schon einmal was vom Palast der Schmerzen gehört?« Seine Stimme ist so sanftmütig, dass sie nicht zu dem Mann passt, der jetzt eine meiner Brüste umschließt und an meinem Nippel zieht, bis er sich unter Schmerzen aufstellt.

Alles in mir vibriert beim Gedanken an diesen Ort. Jeder in Atlanta kennt ihn. Jeder weiß, dass man sich von diesen Straßen fernhalten sollte, wenn man nicht in diese dreckigen Geschäfte geraten will.

Wieder einmal frage ich mich, wie ich so dumm sein konnte, hier joggen zu gehen. Dieser Club ist stadtbekannt. Hier fließt Blut. Abend für Abend. Kampf für Kampf.

»Du kennst uns, das freut mich, zu hören«, gluckst der Mann, der jetzt von meiner Brust ablässt und stattdessen über meinen Bauch streicht.

»So schöne Muskeln«, murmelt er und im Augenwinkel kann ich sehen, dass sich der Stoff an seinem Schritt spannt. Ich wende den Blick ab und schaue stattdessen auf meine nackten Füße und meine Knie, die ich mit den Armen umklammere.

»Ich habe Geld. Sagt mir einfach, wie viel ihr wollt und lasst mich gehen«, pokere ich. Ja, ich habe Geld. Aber ich werde einen Scheiß tun und ihnen meine ganze Existenz in den Rachen schieben. Der Mann setzt sich an die Bettkante, sodass er mir viel näher ist, als ich ertragen kann.

»Wir wollen dein Geld nicht, Yuna. Und dein Vater spielt hier auch keine Rolle, falls du das denkst.« Er nimmt mir, genau wie die Männer, die mich abgepasst haben, die letzte Hoffnung auf Rettung.

Gedanklich versuche ich, einen Plan auszuhecken, um Maggy Bescheid zu geben. Sie wird mich hier nicht rausholen können, aber sie könnte meinen Vater kontaktieren.

»Woher kennt ihr meinen Vater?« Ich spiele die Neugierige, dabei male ich mir gedanklich schon aus, wie ich diesen Mann büßen lassen kann.

Seine grünen Augen sehen mich unverwandt an, als er seine Hand auf mein Knie legt und ohne meine Erlaubnis tiefer hinab zu meiner Mitte wandert. Vor meiner Scham hält er inne. Pures Verlangen liegt in seinem Blick. »Francis ist kein unbeschriebenes Blatt, aber das weißt du doch selbst. Immerhin hast du gedacht, sein Name wäre ein Freifahrtschein nach draußen.« Schluckend versuche ich, das Gefühl seiner Hand auf mir zu ignorieren. Es ist eine Sache, angesehen zu werden, eine andere, berührt zu werden.

»Und was wollt ihr von mir, wenn ihr nicht an ihn ran wollt?« Ich versuche vergeblich, das Puzzle zusammenzusetzen. Will herausfinden, was sie sich von mir erhoffen. Aber mir fällt kein Grund ein. Bis jetzt wollten die Leute durch mich immer nur an meinen Vater und sein Geld kommen.

»Du könntest eine Bereicherung für uns sein. Glaub mir, Yuna. Wir wollen dir nichts grundlegend Schlechtes. Aber nur, wer tanzt, kann den Himmel schmecken«, raunt er und lässt mich erstarren. Ich erinnere mich daran, diesen Satz schon einmal gehört zu haben. Nur erinnere ich mich nicht mehr, von wem und wo.

»Und jetzt zieh dich an.« Es ist keine Bitte, es ist ein Befehl. Ich sehe mich im Raum um, entdecke aber lediglich einen Stofffetzen, der über dem Stuhl hängt.

»Das da ziehe ich nie im Leben an!«, wehre ich mich. Sekunden später rauscht die flache Hand des Mannes auf mein Gesicht nieder. Schmerzen breiten sich auf meiner Haut aus und ich schlucke einen Schrei herunter.

Der Mann steht auf, geht zu dem Stuhl herüber und greift sich die Dessous. Anschließend legt er sie grinsend auf das Bett.

»Wenn du die hier nicht anziehst, wirst du nackt rausgehen müssen. Und wenn du nackt rausgehst, wird es nicht bei Blicken bleiben, Yuna. Wenn unsere Frauen nackt sind, laden sie die Männer geradezu zu einem Fick ein. Überlege es dir.« Ich muss einfach träumen. Oder?

Dabei weiß ich, dass ich wach bin. Dass diese Männer wirklich existieren, genau wie der Club. Manche Menschen könnten einem Albtraum entsprungen sein und doch sind sie real. Der Mann dreht mir den Rücken zu und steuert eine der beiden Türen an.

»Was soll ich für euch tun?«, frage ich ihn jetzt mit starker Stimme. Wenn ich ihnen das gebe, was sie wollen, kann ich vielleicht ihr Vertrauen gewinnen und dann fliehen, wenn es so weit ist. Falls Maggy meinen Vater nicht vorher schon einschaltet und zur Hilfe holt.

So oder so weiß ich, dass ich nur diese eine Nacht hier drin überstehen muss. Auch wenn ich meinem Vater nicht viel bedeute, hasst er es, mich an jemand anderen zu verlieren. Er wird mich retten … Das muss er einfach.

Ich würde mich nicht als furchtlos bezeichnen, aber ich habe genug mit ansehen müssen. Habe genug durch meine Familie mitbekommen. Und ich weiß, dass ich längst tot wäre, wenn sie mich tot sehen wollten.

Der Mann in dem Anzug und mit der Maske dreht sich zu mir um. Er deutet auf die Kleidung, die noch unberührt neben mir liegt.

»Zieh das an und zeig uns beim Kampf, was du kannst. Wenn du es nicht tust und dich weigerst, stirbst du. Such es dir aus, Yuna. Aber lass dir eines gesagt sein.« Seine Augen blicken mir bis in die Seele. »Dein Körper ist zu schön, um in der Erde zu verrotten und von den Maden gefressen zu werden. Es wäre eine Verschwendung, wenn du nicht mitmachst.«

Er greift sich das Glas, das er auf dem Nachttisch abgestellt hat, und steuert mit schweren Schritten die Tür an. Sobald sie offen steht, höre ich laute Musik ins Zimmer dringen. Bässe. Menschenmassen. Schreie. Applaus. Aneinanderstoßende Gläser.

»Willkommen im Palace of Pain, Yuna Raven.« Mit diesen Worten fällt die Tür ins Schloss und ich bleibe allein in diesem Raum zurück.

***

Mein Blick gleitet über meinen Körper. Ich stehe vor dem Spiegel und versuche, die Fassung zu wahren. Wer die Männer hier kennt, weiß, dass es keinen Sinn hat, sich zu widersetzen. Also habe ich mich überwunden und die Dessous angezogen.

Jetzt bedeckt der schwarze Stoff gerade so meine Scham und meine Brüste. Vom Bund des Slips führt ein schmaler Streifen Netz nach oben zu dem BH, sodass mein Bauchnabel verdeckt ist. Meine Augen fahren über meine Haut, über mein Sixpack, das dank der Dessous noch stärker hervorsticht.

Meine Haare habe ich mit einer der zahlreichen Rundbürsten auf dem Tisch in Form gebracht. So stehe ich eine ganze Weile regungslos vor dem Spiegel und atme tief durch. Nur diese eine Nacht, morgen werde ich wieder frei sein. Morgen wird mich jemand retten. Ganz sicher.

Die Betäubungsmittel sind mittlerweile aus meinem Körper gewichen, an dessen Stelle steht jetzt pure Entschlossenheit. Mein Vater hat mir schon früh eingetrichtert, zu tun, was man von mir verlangt.

Also automatisiere ich mich, greife wahllos nach einem Lippenstift und lege ihn mir auf. Er ist blutrot, genau wie mein Haar. Noch immer steigt mir der Duft nach Gardenie in die Nase und sorgt dafür, dass ich mich weitestgehend entspanne.

Bevor ich mein Entkommen aus diesem Club weiter gedanklich planen kann, klopft es an der Tür. Ich bitte niemanden herein und doch wird Sekunden später die Tür aufgerissen, sodass wieder diese lautstarken Geräusche zu mir durchdringen.

Eine Frau steht in der Tür, die genauso wenig bekleidet ist wie ich. Sie trägt ebensolche High Heels, die ich beim Training immer trage, und ein durchsichtiges Negligé. Ihre blonden Locken lassen sie einem Engel in Dessous ähnlich sehen.

»Kommst du? Der Kampf geht gleich los.« Sie hält es nicht für nötig, sich mir vorzustellen, stattdessen stolziert sie in den Raum und packt mich grob.

»Hast du mich vorhin gebadet?«, will ich Licht ins Dunkle bringen, weil mir die Weichheit ihrer Haut bekannt vorkommt. Doch der blonde Engel antwortet mir nicht, stattdessen zieht sie mich unsanft aus dem Raum heraus. Normale Frauen könnte ich anhand meiner Kraft problemlos übermannen, aber diese Frau sieht stark aus.

»Ich bin nicht hier, um mit dir zu plaudern, Sweetheart. Und jetzt komm endlich.« Mit diesen barschen Worten schleift sie mich wortwörtlich über einen schmalen Flur. Schwarzer Marmor unter unseren High Heels sorgt dafür, dass die Absätze geräuschvoll am Boden aufschlagen.

Diese Frau hat mehr Kraft als jede andere in unserem Studio bei Mrs. Smith. Innerlich brodelt alles in mir, weil ich ihr sagen will, dass sie ihre schmutzigen Finger von mir lassen soll, aber ich bleibe stumm.

Solche Situationen haben schon zu oft zu meinem Leben gehört, als dass ich mich davon einschüchtern lassen darf. Nicht heute … Sollte ich morgen immer noch hier sein, sieht die Sache anders aus.

»Kiki!« Eine weibliche Stimme hinter uns lässt uns anhalten. An den Wänden des Flurs hängen verschiedene Fotos. Fotos von Männern, schweißgebadet. Blutverschmiert.

Das sind die Kämpfer, die ganz Atlanta in Schrecken versetzen. Man sieht ihnen an, dass sie jemanden mit bloßen Händen zerquetschen können.

»Wer ist das?«, will die Brünette wissen, die elegant zu uns stolziert. Auch sie ist durchtrainiert und gertenschlank. Ihre olivfarbene Haut sieht weich aus und ihre Lippen haben die perfekte Form.

»Ist den ersten Abend hier. Aber irgendwie kommt mir dieses Gesicht bekannt vor«, antwortet die Frau, die Kiki heißen muss, und blickt mich gedankenversunken an.

Weil der Funke anscheinend nicht überspringt, zuckt sie mit den Schultern und gemeinsam machen wir uns auf den Weg zum Ende des Flurs. Je näher wir dem Ende kommen, desto lauter werden die Stimmen und die Musik.

»Und, auf wen wettest du?«, fragt mich die Brünette mit den tiefschwarzen Augen, als wären wir Freundinnen, die sich gemeinsam den Bachelor ansehen. Ob sie Kontaktlinsen trägt? Kein Mensch der Welt kann so schwarze Augen haben! Ich sehe sie nur perplex an.

»Ich weiß nicht«, antworte ich wahrheitsgemäß. Ich weiß ja nicht einmal, wer heute in den Ring steigt! Alles, was ich weiß, ist, dass ich hier rausmuss, wenn ich das hinter mich gebracht habe.

»Also ich denke, Rage wird den Kerl auseinandernehmen.« Es ist wieder die Braunhaarige, die spricht. Kiki scheint derweil mit ihren Gedanken

49

woanders zu sein. Ob sie immer noch überlegt, wer ich bin? Sollte ich ihr auf die Sprünge helfen und ihr meinen Namen verraten?

»Hört auf, zu quatschen und jetzt kommt. Alice, du übernimmst heute die vier, der Boss will das Küken auf der eins sehen.« Auch wenn ich keine Ahnung habe, wovon sie sprechen, kann ich Kiki anhören, dass sie mit dieser Tatsache nicht zufrieden ist.

Endlich erreichen wir das Ende des Flurs. Zu unserer Rechten führt ein schmaler Weg in einen großen Raum. Mir wird schwindelig, als wir uns auf den dünnen Brettern befinden. Wir sind in der Luft! Unter uns geht es sicher einige Meter in die Tiefe!

»Dann bis nach dem Kampf«, trällert Alice und nimmt eine Abzweigung nach rechts. Erst jetzt fallen mir die Podeste auf, die mit großen leuchtenden Nummern versehen sind. Sie reichen von eins bis zehn. Jeweils zwei an den kurzen Enden des Saals und vier an den langen.

Kiki zieht mich unsanft über die viel zu dünnen Bretter in der Luft und letztendlich erreichen wir eines der Podeste. Mürrisch schubst sie mich auf das wackelige Holzpodest, das lediglich mit schweren Stahlketten an der Decke befestigt zu sein scheint. Nur schwer halte ich mich auf den High Heels, ohne umzukippen.

»Du bist auf der eins, alle Augen werden auf dir ruhen«, spuckt sie mich förmlich an. »Also leg dich ins Zeug.« Und dann ist sie auch schon weg. Wie eine

Grazie tänzelt sie über die dünnen Bretter und ist dann aus meinem Blickfeld verschwunden. Panisch blicke ich mich um, sehe zu den anderen Podesten herüber. Auf jedem steht eine Frau, genauso spärlich bekleidet wie ich. Nur, dass die meisten von ihnen gern hier zu sein scheinen. Ein Lächeln liegt auf den Lippen der Frauen, das ich jeder einzelnen abkaufe.

Am ganzen Leib zitternd, wandert mein Blick schließlich nach unten. In der Mitte des riesigen Raumes befindet sich ein Ring. Blutflecken haben den Boden dunkel verfärbt und erinnern an die brutalen Kämpfe, die hier Nacht für Nacht stattfinden.

Um den Ring herum tummeln sich zahlreiche Leute. Menschen in Anzügen und Abendkleidern, als wären sie hier auf einer Spendengala und nicht in einem Fight Club der übelsten Sorte. Auf der gegenüberliegenden Seite befinden sich mehrere runde Tische, an denen die Leute ausgelassen sitzen und trinken.

Hinter ihnen prangt eine große Leinwand … Und ich kann an einer Hand abzählen, was da nachher übertragen wird. Entweder wir oder der Kampf.

Die Stimmen der Menschen vermischen sich zu einem undurchdringbaren Stimmengewirr, unterstrichen wird das ganze Prozedere durch einen kraftvollen Beat.

Noch einmal blicke ich zu den anderen Podesten, während ich versuche, nicht zu fallen. Das würde meinen sicheren Tod bedeuten …

Genau gegenüber von mir auf der Nummer zehn befindet sich Kiki, die mich in keiner Sekunde aus den Augen lässt. Ich weiß nicht, wieso sie mich derart verabscheut, aber sie scheint mich abgrundtief zu hassen.

Ich blicke mich noch einmal auf dem Podest um, suche nach einem Fluchtweg, doch die Tür, durch die wir gekommen sind, wird jetzt von zwei Männern überwacht. Fuck! Im Rest des Saals kenne ich mich nicht aus, ohne Hilfe werde ich es allein nicht hier raus schaffen.

Bevor ich mir weitere Gedanken darüber machen kann, höre ich die Stimme eines Mannes, die ich heute schon einmal gehört habe.

Meine Aufmerksamkeit gleitet zum Ring, in dem jetzt der Kerl mit der schwarzen Maske steht. Er hält ein Mikrofon in der Hand und genießt den Applaus der Menge.

»Ist ja gut, Ladys and Gentlemen. Ich weiß, dass wir alle sehr aufgeregt sind, aber ich muss Ihnen noch etwas Feierliches verkünden!« Sein Blick gleitet zu mir und dann geht ein Licht über meinem Kopf an, das mir direkt ins Gesicht scheint und mich fast verbrennt.

Der Scheinwerfer über mir ist so heiß, dass ich schon jetzt zu schwitzen beginne. Mein Blick wandert zur Leinwand, auf der ich wie vermutet live und in Farbe zu sehen bin. »Seht nur, wen meine Männer für uns gefunden haben!« Er reißt den freien Arm in die Höhe und kassiert einen weiteren Applaus. Wofür denn bitte? Alle Blicke gelten mir, ich kann sie spüren, wie sie sich in meine Haut ätzen. Kann ihre lechzenden Lippen beinahe auf meiner Zunge schmecken. Von ihren düsteren Gedanken ganz abgesehen.

»Wir konnten die einzig wahre Tochter von Francis Raven für uns gewinnen! Seht euch nur diesen Körper an!« Wieder klatschen die Leute, rufen etwas, das ich nicht entziffern kann. Der Mann mit der Maske räuspert sich, als er fortfährt.

»Also. Wer will, dass die bezaubernde Yuna für uns und unseren besten Mann tanzt, zeigt es jetzt!« War der Applaus bis eben noch überschaubar, rasten die Menschen jetzt endgültig aus.

Es wird gepfiffen, geschrien, geklatscht, angestoßen. Ich würde mir am liebsten die Ohren zuhalten, damit ich meinen Namen nicht aus den Mündern dieser Fremden hören muss. Ja, ich wurde schon mehr als einmal in meinem Leben gedemütigt, aber das hier ist ein neues Level.

»Hörst du das, Yuna? Die Leute wollen dich tanzen sehen, also tanz!« Ich schließe die Augen, atme tief durch. Dann kehrt ein Moment der vollkommenen Ruhe ein. Man könnte eine Stecknadel im Ring fallen hören, so ruhig sind plötzlich alle. Die Musik wird sinnlicher, der Bass nimmt ab.

Letztendlich beginne ich, mich mit Tränen in den Augen zu bewegen. Für meine Freiheit würde ich alles tun, auch wenn es heißt, meinen Körper hier zu verkaufen.

Sobald ich zu tanzen beginne, setzt das Grölen der Meute wieder ein. Ich halte die Augen geschlossen und tanze. Tanze mich in eine andere Welt. Fernab von dieser dunklen. Ich tanze, weil das alles ist, was ich noch kann ... Weil mir das Tanzen schon immer Sicherheit gab.

GRAUE AUGEN
über mir

»Bist du so weit?« Ich sitze in der Umkleide und starre mein Spiegelbild an. Türkise Bandagen sollen meine Hände schützen. Dass ich nicht lache …

»Rage? Der Kampf!«, holt Marius mich zurück ins Hier und Jetzt. Ich weiß, wofür ich das hier mache. Für wen ich das hier mache. Mein Name ist Programm, seit ich meinen ersten Kampf gewonnen habe, ohne einen Schlag einzustecken.

»Ja, ich bin bereit.« Knurrend stehe ich auf. Mein Blick wandert über meinen nackten Oberkörper, hinab zu meinen Shorts, die ich immer bei einem Kampf trage.

»Dann komm, Luke wartet schon darauf, von dir den Arsch versohlt zu bekommen«, lacht Marius auf und öffnet mir die Tür. Ich atme noch einmal tief durch, bevor ich in den Saal gehe. Musik kündigt mich an, als unser Boss im Ring meinen Namen ruft.

»Und da ist er – der ungeschlagene Meister. Der Mann, der so viel Zorn und Wut in seiner dunklen Seele trägt. Begrüßt mit mir den Fighter, der noch kein einziges Mal zu Boden ging!« Mit dieser Rede fängt das Publikum an, zu schreien, mein Name wird im Chor gerufen.

Ihre Schreie sind mein Tribut. Sie regen das Adrenalin in meinen Venen an, sodass ich einige Schritte später kampfbereit in den Ring steige. Mein Gegner steht bereits an der anderen Seite des Boxringes und sieht mich grinsend an.

Weiß er nicht, dass er keine Chance gegen mich hat? Er hat Muskeln, aber um zu gewinnen, braucht es mehr als Kraft. Es braucht Geschick und Geschwindigkeit. Verstand …

»Ladys and Gentlemen … willkommen zum Kampf der Woche. So lange haben wir auf diesen Tag gewartet!« Mit diesen Worten verlässt der Boss den Ring, sodass wir uns jetzt von Mann zu Mann gegenüberstehen.

Luke hat kurze, schwarze Haare. Seine Nase ist leicht schief, vermutlich, weil sie schon mehrere Male gebrochen war. An seinem rechten Mundwinkel klebt Schorf, was mir zeigt, dass sein letzter Kampf noch nicht lange her ist.

Der mir allzu bekannte Ton erklingt und dann stürzt sich dieser Idiot auch schon auf mich. Jeder weiß, dass ich es niemandem so einfach mache. Mit Leichtigkeit weiche ich ihm aus, springe zur Seite und lande den ersten Schlag. Meine Faust prallt gegen seinen Kehlkopf, sodass er sich japsend zurückfallen lässt. Es gibt keine Regeln im Ring. Keine Gürtellinie. Hier zählen nur Fäuste und Schmerzen. Ich blende die Schreie der Menschen aus, mein Adrenalinpegel ist ohnehin auf dem Maximum.

Der Pisser versucht ein zweites Mal, einen Schlag zu landen, verfehlt mich jedoch wieder um Haaresbreite. Lachend sehe ich ihn an und kann den Schweiß bereits auf seiner Stirn abperlen sehen.

»Rage, Rage, Rage.« Mein Name erfüllt den Hintergrund, gemeinsam mit der melodischen Musik, zu der die Frauen oben tanzen. Ich weiche dem Kerl aus und lande einen weiteren Treffer, dieses Mal direkt in seine hässliche Visage.

Blut spritzt aus seiner Lippe und landet auf meinem Arm. Es ist ein befriedigendes Gefühl, sein Blut auf mir zu spüren. Es zeigt mir, dass ich auf dem richtigen Weg bin.

Mit jedem Schlag, den ich in seinem Gesicht versenke, wird die Stimmung im Saal heißer, greifender, erdrückender. Ob es jemanden gibt, der an diesem Abend gegen mich gewettet hat? Bei diesem Schlappschwanz?

Ich werfe einen Blick nach oben zu Podest Nummer eins, auf dem Kiki für mich tanzt. Doch als ich nach dem blonden Engel Ausschau halte, erstarre ich. Sie ist nicht da … Stattdessen tanzt dort eine andere Frau. Sie hat das Gesicht von mir abgewandt, während sie ihren schmalen Körper im Takt der Musik bewegt.

Ihre Bewegungen sind anmutig, doch etwas sagt mir, dass sie nicht hier sein will. Diese Kleine habe ich hier drin noch nie gesehen ... Ob sie neu ist? Normalerweise kenne ich alle Frauen im Club, sowohl die alten Hasen als auch die neuen.

Mein Blick wandert über ihren flachen Bauch, vorbei an dem Fetzen Stoff, den sie trägt. Letztendlich bleibe ich in ihrem Gesicht hängen, das jetzt zu mir gewandt ist.

Das Blut rauscht in meinen Ohren und ich falle einige Schritte zurück. Ich kenne dieses Gesicht ... kenne diese grauen Augen. Diese tiefroten Haare und Lippen. Fuck!

Es ist vier verdammte Jahre her, dass ich sie auf der Straße vor diesen Wichsern gerettet habe und doch habe ich ihr Gesicht noch klar und deutlich vor Augen. Wie sie am Boden lag und angstvoll von mir wegkroch ... Was zur Hölle macht dieses kleine Biest hier? Ich erinnere mich noch daran, als wäre es erst gestern gewesen.

Eines steht fest. Sie sieht unglücklich aus. Wenn ich mich nicht irre, könnte ich schwören, dass ihre Schultern beben, weil sie weint.

Sie steht tanzend auf dem wankenden Podest und weint dabei wie ein gefallener Engel. Knurrend will ich meine Wut an meinem Gegenüber auslassen, als dieser mir zuvorkommt und meine unkonzentrierte

Schwäche ausnutzt. Seine Faust kracht in mein Gesicht, sodass ich zu Boden gehe. Der Kerl baut sich vor mir auf, während im Raum bis auf die Musik Stille herrscht.

Es ist das erste Mal, dass ich am Boden bin … Fuck! Luke beugt sich über mich und verpasst mir einen Tritt in den Rippenbogen. Unter Schmerzen winde ich mich und schmecke mein Blut, das aus meiner Nase rinnt.

Ein unverständliches Gemurmel durchzieht den Raum. Die Leute verstehen nicht, wie das hier passieren konnte. Ich verstehe es ja selbst nicht. Bevor ich meinem Ruf weitere Risse verpassen lassen kann, rolle ich mich unter Luke zur Seite und kämpfe mich zurück in den Stand.

Dass ich ihre Blicke auf mir ruhen spüre, während sie tanzt, macht mich seltsamerweise wieder stark. Ich sammle meine Kraft und schlage ihm ein zweites Mal gegen den Kehlkopf.

Die Menge grölt wieder, als wäre nie etwas passiert. Als wäre ich nicht zu Boden gegangen, weil ich schwach war. Weil mich die Augen der Kleinen abgelenkt haben, obwohl meine Priorität auf dem Kampf liegen sollte.

Wieder wandert mein Blick nach oben zu der Rothaarigen. Ich hasse es, wenn Frauen gegen ihren Willen hier sind. Und diese Kleine ist ganz sicher nicht freiwillig im Club.

Meine letzte Kraft sammelnd, hole ich aus und donnere dem Kerl meine Faust ein letztes Mal ins Gesicht. Wie erwartet, sinkt der Schlappschwanz zu

Boden und ich revanchiere mich mit einem Tritt in den Magen bei ihm. Im Vergleich zu mir hat der Kerl schon genug Schläge einkassiert, sodass er sich nicht mehr aufraffen kann. Seine Augen schließen sich unter Schmerzen und er presst seine Fresse gegen den blutbefleckten Beton des Rings.

Von dem, was danach passiert, bekomme ich kaum noch etwas mit. Mein Boss kürt mich zum Sieger, doch all das interessiert mich genauso wenig wie die Zurufe des Publikums. Ihr Jubel geht mir am Arsch vorbei!

Wütend steige ich aus dem Ring und tigere in den Backstage-Bereich, um mir das Blut von der Fresse zu waschen.

»Glückwunsch, Rage!« Marius klopft mir auf die Schulter und reicht mir ein Handtuch, mit dem ich mir das Blut meines Gegners von der Brust wischen soll. Ohne es an mich zu nehmen, lasse ich es am Boden liegen, gehe zum Waschbecken herüber und drehe den Wasserhahn auf.

Kaltes Wasser rinnt über meine Hand und durchnässt die Bandage, bevor ich mir damit das Gesicht erfrische. Sofort färbt sich das Wasser rosa.

»Der Kerl hatte schon Hoffnung, dass du aufgeben könntest. Was für ein Vollidiot!«

»Wie auch immer«, murmle ich angepisst und deute auf den Saal, der in meinem Rücken liegt. Mein Gegner interessiert mich nur, solange er im Ring vor mir steht, danach ist er mir egal. Wieso also denke ich noch an diesen Pisser?

»Wer war die Kleine auf Podest eins?« Das ist alles, was ich wissen will. Es schert mich einen Dreck, dass ich in den letzten zehn Minuten Zwanzigtausend verdient habe. Mittlerweile sind es Peanuts für mich. Das Geld, das uns damals gefehlt hat, überflutet mich jetzt. Nur, dass ich niemanden mehr habe, mit dem ich es teilen könnte.

»Sie gefällt dir, hab ich recht?« Marius lehnt gegen den Türrahmen und grinst mich wissend an. Nichts weiß er! Niemand!

»Wer. Ist. Sie?« Meine Stimme gleicht einem unterschwelligen Knurren, das Marius nicht beeindrucken kann, immerhin sind wir so etwas wie Freunde.

Er glaubt, dass ich ihm nie etwas tun würde, aber da hat er sich geschnitten. Wenn er mich auf dem falschen Fuß erwischt, mache ich auch vor ihm keinen Halt.

»Die Tochter von Francis Raven. Ihr Name ist Yuna, wir haben sie draußen aufgeschnappt«, verkündet er feierlich, als müsste ich ihm auch noch dafür danken, dass er sie gegen ihren Willen hergebracht hat. Einen Scheiß werde ich tun …

Ich hasse es, dass sie hier ist. Einfach, weil sie nicht hier sein sollte, nachdem ich ihr schon einmal den süßen Arsch gerettet habe.

»Kiki wird ziemlich eifersüchtig, wenn sie sieht, dass du Gefallen an der Neuen findest«, erinnert er mich daran, dass sie denkt, zwischen uns sei mehr als unverbindlicher Sex.

»Kiki spielt gerade keine Rolle. Bring die Neue zu mir. Jetzt!« Mein Befehlston sorgt dafür, dass er sich vom Türrahmen abstützt. Ich gehe zu dem roten Sofa des VIP-Bereiches herüber und setze mich hin, um auf sie zu warten. Marius nickt energisch.

»Ich hole sie her. Die Kleine hast du dir nach deinem Sieg verdient.« Und mit diesen Worten verlässt er den Raum, um Yuna Raven zu mir zu bringen.

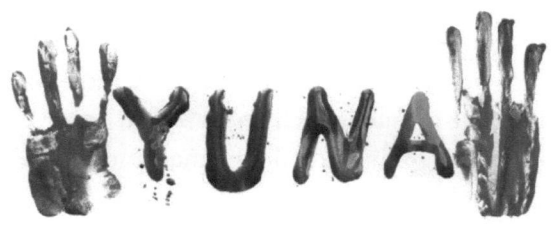

EIN RAUM AUS
Rot & Gold

Tränen brennen in meinen Augen, als ich mit unsicheren Schritten vom Podest verschwinde. Die anderen Frauen bleiben auf ihren Positionen und tanzen weiter. Aber ich kann nicht. Alles in mir sträubt sich gegen diese Demütigung ... Zu meinem Glück ist die Menge mit dem Bejubeln des Siegers beschäftigt, sodass sie nicht auf mich achten.

Der Kampf war schneller vorbei, als ich dachte. Es brauchte nur ein paar gezielte Schläge des Mannes namens Rage und schon fiel sein Gegner mit geschlossenen Augen und blutigem Gesicht zu Boden.

Ich habe viele Wunden gesehen. Viele Tote. Ein weiterer Teil, den der Raven-Fluch mit sich bringt. Man sieht Dinge, die man nicht sehen will.

Hört Dinge, die man nicht hören will. Fühlt etwas ... Dunkles. In sich. Um sich herum. Als wäre man inmitten eines dunklen Raumes gefangen, aus dem es kein Entkommen gibt.

Das Podest wackelt gefährlich, als ich in den viel zu hohen Schuhen auf das schmale Brett trete. Der Ausgang ist noch immer von den beiden Männern versperrt, also suche ich gedanklich nach einem anderen Ausweg. Es muss doch einen anderen Weg aus dem Club geben!

Schwindel überkommt mich, sobald ich nach unten blicke. Die Menschen grölen noch immer, stoßen an und ich kann sehen, dass das Geld wortwörtlich durch ihre Reihen geht. Scheine werden gezückt, überreicht und zurück in die Taschen ihrer neuen Besitzer gesteckt.

Ich bin nie in armen Verhältnissen aufgewachsen, ich wusste schon immer, wie es ist, Geld zu haben. In diesem Moment würde ich lieber zur Unterschicht gehören, als ein Teil hiervon zu sein. Mein Blick landet auf dem Ring, in dessen Mitte frisches Blut den Boden bedeckt.

Der Verlierer wurde bereits aus dem Ring getragen, der Gewinner hat direkt nach seinem finalen Schlag das Weite gesucht.

Von meiner Position aus konnte ich nicht viel erkennen, aber ich habe gemerkt, dass er mich ansieht. Dass seine Augen auf mir lagen, während er im Ring stand und seine Fäuste sprechen ließ.

Ich fühlte mich nackt unter seinen Blicken. Nackt und ausgeliefert. Dabei haben mich zu diesem Zeitpunkt sicher schon Hunderte Menschen von ihren Tischen aus beobachtet. Doch nur seine Blicke spürte ich regelrecht auf mir. Noch jetzt kann ich das Adrenalin fühlen, das durch die Reihen ging, als die Kämpfer in den Saal kamen. Bei Rage flippte die Menge regelrecht aus.

Und ich weiß auch, wieso. Diese Anmut, mit der er im Ring stand, war zum Greifen nah. Seine Leichtfüßigkeit war genauso beeindruckend wie das Zusammenspiel seiner Muskeln.

Auch wenn ich am liebsten das Weite suchen würde, rühre ich mich nicht vom Fleck. Stattdessen verstecke ich mich hinter einem der Balken und überlege, wie ich diese Männer am Ausgang ablenken kann.

Doch ich komme nicht dazu, meine Gedankengänge zu vollenden. Jemand packt mich von hinten, sodass ich unter Schmerzen an meinem Arm aufschreie.

Die Einstichstelle der Nadel schmerzt höllisch, als ich mich zu dem Mann hinter mir umdrehe. Er hat kurzgeschorenes Haar, stahlgraue Augen und ein süffisantes Grinsen auf den breiten Lippen.

»Du tanzt ja gar nicht«, stellt er fest und kommt noch einen Schritt näher an mich heran. Übelkeit überkommt mich, weil er mir zu nah ist.

Instinktiv weiche ich einen Schritt zurück, wobei ich die Schmalheit des Brettes unter mir unterschätze und ins Leere trete.

Noch bevor ich fallen und meinen Tod mit offenen Armen empfangen kann, hält mich der Mann vor mir fest, sodass ich wieder zurück aufs Brett taumele.

»Lieber würde ich sterben«, spucke ich ihm ins Gesicht. Die Tränen sind mittlerweile versiegt, weil ich diesem Kerl nichts von meiner schwachen Seite preisgeben will.

»So kratzbürstig. Schade, dass ich dir das nicht persönlich mit der Gerte austreiben kann«, seufzt er enttäuscht. Allein beim Gedanken an die Schläge, die er vor Augen hat, beginne ich, zu zittern.

»Was hindert dich daran?« Am liebsten würde ich mir auf die Zunge beißen, doch mein Mundwerk ist einfach zu schnell. Der Kerl packt mich erneut am Oberarm, genau an der Stelle, an der sich aufgrund der Nadel ein roter Fleck gebildet hat, und zerrt mich unsanft mit sich.

Gemeinsam steuern wir den Ausgang an und die beiden Wachmänner weichen wortlos zur Seite, um uns durchzulassen. Keuchend winde ich mich unter seinem Griff.

»Rage.« Seine knappe Antwort lässt mich schlucken. Allein dieser Name verursacht eine Gänsehaut, die meinen Körper überzieht.

»Rage?«, wiederhole ich krächzend, als mich der Mann mit dem breiten Lächeln durch den mir bekannten Flur zerrt. Doch anstatt an dem Zimmer zu stoppen, in dem ich aufgewacht bin, schleift er mich weiter. Meine Beine überschlagen sich in den hohen Schuhen, sodass ich mehr als einmal von ihm gestützt werden muss.

»Ja, der Sieger will dich sehen«, erklärt er mir und winkt mit der Hand ab, ohne mich anzusehen. Mein Herz schnellt in die Höhe, meine Kehle wird trocken und meine Beine werden noch weicher.

»Was will er von mir?« Meine Frage gleicht lediglich einem Hauchen, weil ich keine Kraft habe. Weil mich meine letzte Kraft verlassen hat, als ich auf das Podest ging, um für die Menge zu tanzen.

Ich liebe das Tanzen. Ich liebe es, meinen Körper in Szene zu setzen. Ich liebe es, mich im Takt zu bewegen … aber nicht so! Ich bin dabei gern für mich, ohne Zuschauer. Außer Maggy und Mrs. Smith hat mich noch nie jemand tanzen sehen!

Schon allein, weil diese Menschen meinem größten Hobby einen faden Beigeschmack verleihen, will ich sie tot sehen. Wir biegen am Ende des Ganges nach rechts ab. Eine schmale Treppe mit rot überzogenem Teppich kommt zum Vorschein, und ich muss mir größte Mühe geben, nicht das Gleichgewicht zu verlieren.

Am Ende der Treppe erwartet uns eine schwarze Tür, die durch zwei Deckenlampen beleuchtet wird, als würde sich dahinter der Heilige Gral befinden.

»Was Rage mit dir machen will? Was denkst du denn, Süße?« Der Mann reißt mich aus meinen Gedanken und seine Antwort lässt mich schwer schlucken.

»Ich weiß es nicht«, antworte ich ihm leise. Er packt mich noch stärker am Arm, bevor er eine Schlüsselkarte zückt, die Tür öffnet und mich achtlos in den Raum schubst. Das Erste, was ich sehe, ist derselbe rote Teppich, der auch die Treppe überzogen hat. Danach wandert mein Blick nach oben.

Ich knie am Boden, vor mir steht eine Art Bar. Gläser und Alkoholflaschen türmen sich auf dem Tresen zu einem Thron auf. Dahinter steht niemand. Ich kann das Knurren des Mannes hinter mir immer noch hören, als mein Blick weiter durch den Raum wandert.

Große, vergoldete Spiegel überziehen die Wand rechts von mir. Ich sehe mich. Wie ich am Boden knie … in diesem Hauch von Nichts. Striemen haben sich an meinen blassen Oberarmen gebildet, über die ich sachte streiche.

Blanke Panik liegt in meinem Blick, als ich in meinem Gesicht ankomme. Mein Körper steht unter Strom, als ich im Spiegel den Rest des Raumes sehe.

Eine Musikanlage, ein Billardtisch und ein weiterer Spiegel befinden sich auf der anderen Seite des Raumes. Alles wirkt in den Rot- und Goldtönen so harmonisch …

Erst auf den zweiten Blick fällt mir das Podest auf. Es ist genauso aufgebaut wie das Podest oben, auf dem ich zum Kampf tanzen musste, nur, dass hier in der Mitte zusätzlich eine Stange angebracht ist.

»Darf ich zusehen?«, ertönt plötzlich die Stimme des Kerls hinter mir, der mich hergebracht hat. Wieder erstarre ich, und als ihm jemand antwortet, setzt mein Herzschlag aus.

»Nein, geh. Ich will sie allein für mich haben.« Auch wenn ich den Mann zu der Stimme nicht sehen kann, weil er hinter mir stehen muss, weiß ich, dass es Rage ist.

Wieder überkommt mich diese Übelkeit, sodass ich mich beinahe auf dem teuren Teppich übergebe. Wimmernd bleibe ich am Boden sitzen und höre anschließend eine Tür ins Schloss fallen.

Ein Moment der Stille durchzieht den Raum und meinen Körper. Ich nehme jeden Atemzug des Mannes hinter mir wahr, kann das Blut in meinen Ohren rauschen hören.

»Willst du dich nicht umdrehen?«, fragt mich wieder diese dunkle Stimme, die mir einen Schauer über den Rücken jagt. Alles, was ich tun kann, ist, mit dem Kopf zu schütteln.

Der Mann nähert sich mir nicht, stattdessen kehrt wieder diese Stille im Raum ein. Zitternd blicke ich zu Boden und versuche, mich aus dieser Misere zu wünschen. In Gedanken liege ich bereits in meinem Bett und träume … friedlich.

»Dreh dich um!« Klang der Mann bis eben noch ruhig, reißen jetzt alle Stränge. Sein Befehlston lässt mich zusammenfahren. Tief durchatmend, blicke ich über meine Schulter und drehe mich anschließend zu ihm um.

Rage sitzt mir gegenüber auf einem roten Sessel. Es ist derselbe, der auch oben in dem Zimmer in der Ecke stand. Auf dem der Mann saß, der mir befohlen hat, das hier anzuziehen und auf das Podest zu steigen. Der Blick des Siegers gleitet über meine blasse Haut, er setzt an meinem Bauch an, fährt hinauf zu meinen Brüsten und letztendlich blickt er mir ins Gesicht. Seine Augen sind so stechend blau, dass sie beinahe leuchten.

Seine dunklen Haare sind länger als die des anderen Mannes und reichen ihm bis in die Stirn. Seine Lippen sind zu einer harten Linie verzogen, alles an seinem Gesicht wirkt starr wie bei einer Statue.

»Was wirst du mit mir machen?«, frage ich zitternd und versuche dabei, meine Schultern zu straffen. Rage hält ein Glas mit dunkler Flüssigkeit in der Hand, das er hin und her dreht, während er mich nicht aus den Augen lässt.

»Sag du mir, was ich mit dir machen soll«, erwidert er beinahe knurrend, sodass ich instinktiv zurückweiche. Ein leichtes Lächeln huscht über seine stählernen Gesichtszüge, das aber schnell wieder zu Eis gefriert. Mir ist plötzlich kalt, obwohl mir eigentlich viel zu heiß sein sollte.

Rage trägt nur Jeans, mehr nicht. Sein makelloser Oberkörper liegt frei. Wie erwartet sitzt jede Sehne an diesem Mann perfekt. Alles harmoniert miteinander … Schluckend hebe ich den Blick, um ihm wieder ins Gesicht zu sehen.

»Mich gehen lassen.« Es ist lebensmüde, meine Gedanken laut auszusprechen, und doch mache ich es. Weil ich irgendwo tief in den Augen dieses Mannes Erbarmen aufblitzen sehe.

Etwas, das der Mann von vorhin nicht in sich trug. Dieser hätte mich, ohne zu zögern, vor den Augen aller genommen. Er hat mich wie Frischfleisch behandelt …

»Dich gehen lassen?«, lacht er auf, stellt sein Glas auf dem Tisch neben sich ab und erhebt sich. Sobald er steht, kann ich meinen Blick nicht von seiner gemeißelten Brust lassen … Schweiß rinnt seinen Oberkörper hinab und ich muss den Blick von ihm abwenden.

Rage kommt einige Schritte auf mich zu. Vor mir bleibt er stehen. Ich kann seine nackten Füße sehen. Seine Hand greift unter mein Kinn, das er ruppig nach oben zieht, sodass ich zu ihm aufblicke.

»Das hatten wir doch schon, oder? Hättest du damals auf mich gehört, wärst du jetzt nicht hier!«, zischt er mich an und ich runzle die Stirn.

Wovon zum Teufel spricht er?

Ein weiteres Mal blicke ich ihn an … etwas an diesen Augen kommt mir so greifbar bekannt vor. Ich weiß nur nicht, was es ist … Wieso ich das Gefühl habe, den Mann zu kennen, obwohl ich ihn noch nie zuvor gesehen habe.

»Du erinnerst dich nicht an mich?«, fragt er mich eindringlich. Seine Hand liegt immer noch unter meinem Kinn, nur, dass der Druck nachgelassen hat. Beinahe sanft fährt Rage mit seinem Daumen über mein Kinn, hoch zu meinen Lippen.

»Ich … was?«, stottere ich, weil ich nicht weiß, worauf er hinauswill. Er spricht mit mir, als müsste ich ihn kennen!

»Ich habe dir schon einmal den Arsch gerettet, Yuna Raven.« Er betont meinen Namen so melodisch, dass ich gewillt bin, einfach die Augen zu schließen und mich fallen zu lassen.

»Wann?«, frage ich ihn geradeheraus. Ich gehe die letzten Jahre in Gedanken durch, erinnere mich aber nicht mehr daran …

»Es ist schon einige Jahre her … Du warst vor dem Club. In deinem schwarzen Mantel …«, säuselt er. »Du hattest Besuch von zwei Halbstarken, die dich bedrängt haben.«

Alles in mir überschlägt sich, als ich an die einzige Nacht denke, in der ich in der Nähe des Clubs war. Ich hatte noch nicht lange den Unterricht bei Mrs. Smith besucht und war so müde, dass ich einfach nur schnell heim wollte.

Weil ich mich aber nicht von den Handlangern meines Vaters abholen lassen wollte, habe ich die Abkürzung genommen, die am Club vorbeiführt.

Plötzlich fühle ich mich in eben jene Nacht zurückversetzt. Kleine Fetzen setzen sich zu einem großen Bild zusammen.

Ich, mitten in der Nacht. Die Männer, die mich zu Boden rangen. Dann wurde eine Tür geöffnet … Und dann war er da. Ich erstarre, als ich mich an seine stechenden Blicke erinnere.

»Du warst das«, wispere ich perplex. Ich wurde schon so oft in meinem Leben angegangen, dass ich diese Nacht schnell aus meinem Gedächtnis vertrieben habe. Wie zur Hölle konnte ich diese Augen nur vergessen? Wie konnte ich diesen Mann vergessen?

»Ja.« Rage steht immer noch dicht vor mir, seine Hand an meinem Kinn. Er denkt gar nicht daran, mich loszulassen. Und ich weiß auch, wieso. Weil er mich nicht ohne Grund herbestellt hat … Er will, dass ich mich bei ihm revanchiere, ganz sicher.

»Und ich habe dir gesagt, dass du nicht wieder herkommen sollst. Warum bist du also hier?«, will er wissen. Ich senke die Lider und bleibe an seinem Sixpack hängen. Wir sind uns so nah, dass ich alles andere um mich herum ausblende, während ich in meinem Kopf nach einer Antwort suche.

»Du kennst meinen Namen. Also kannst du dir auch denken, dass ich das Böse an mich ziehe wie ein verfluchter Magnet.« Die Erkenntnis sollte nichts Neues für mich sein und doch sorgt sie dafür, dass ich mir wieder wünschte, jemand anderes zu sein.

Fernab von dieser Welt hier. Rage lässt seine Hand sinken, stattdessen hockt er sich vor mir hin. Aufgrund seiner Größe überragt er mich immer noch um mindestens einen Kopf.

Ich sehe ihm wieder ins Gesicht. Die starren Augen, die geraden Augenbrauen, die ihm eine unfassbare Härte verleihen. Und letztendlich der Cut in seiner rechten Braue. Es ist eine kleine Narbe, die ihn noch einschüchternder macht. »Dann solltest du dich wenigstens wehren können«, murmelt er, wobei er mich mit seinen Augen hypnotisiert. In diesem Moment – mit der Intensität seiner blauen Augen auf mir – würde ich vermutlich zu allem Ja sagen.

»Ich trainiere jeden Tag«, antworte ich ihm leise. Ich trainiere nicht nur, um an der Stange besser zu werden. Nein. Ich muss auch fitter sein, wenn ich will, dass ich mich in solchen Situationen durchsetzen kann. Ich muss schneller werden. Stärker werden. Gerissener …

Rage schließt einen Moment lang die Augen, bevor er mich entschlossen ansieht. »Ich lasse dich gehen.« Ich öffne den Mund nach Luft schnappend. Meint er das ernst? Doch Sekunden später nimmt Rage mir meine Hoffnungen wieder. »Unter einer Bedingung.«

»Und welche Bedingung?« Der weiche Teppich schmiegt sich an meinen Po und seltsamerweise fühle ich mich trotz meiner spärlichen Bekleidung nicht nackt. Vermutlich liegt es daran, dass Rage mir ins Gesicht sieht, anstatt mich auf meinen Körper zu reduzieren.

Als ich hierhergebracht wurde, wusste ich, dass dieser Raum mein Todesurteil bedeuten würde. Jetzt schöpfe ich das erste Mal, seit ich das Podest verlassen habe, Hoffnung.

»Du wirst morgen Nachmittag wieder herkommen und dich von mir trainieren lassen«, erwidert Rage nebensächlich, als wäre seine Bedingung keine große Sache. Panisch schüttle ich den Kopf.

»Niemals!« Er spielt mit mir! Er will mich nicht gehen lassen … Yuna, wie konntest du nur so naiv sein und ihm glauben? Einem Mann, der anderen Menschen für Geld Schmerzen zufügt? An seinen Händen muss mehr Blut kleben als an den Händen meines Vaters.

»Ich … wieso sollte ich wieder herkommen? Das wäre lebensmüde!«, gifte ich ihn an. Noch immer sitze ich am Boden, während er vor mir kniet. Rage greift bestimmend nach meiner Hand und zerrt mich mit sich hoch.

Unbeholfen stehe ich inmitten des Raumes. Erst jetzt fällt mir auf, dass jede Wand des Zimmers mit Spiegeln versehen ist.

Ich sehe uns beide in mehrfacher Ausfertigung … Rage, der vor mir steht. Ich, eingeschüchtert vor ihm. Er lässt mich hier stehen, geht zu einem Schrank hinter sich und zückt einen Mantel.

Danach kommt er zu mir herüber und drückt ihn mir in die Hand. Eilig streife ich mir den dunkelblauen Stoff über. Er ist weich und schmiegt sich regelrecht an meine Haut. Und auch wenn er mich eher an einen Bademantel erinnert, liebe ich ihn schon jetzt.

»Tagsüber ist der Club der sicherste Ort für eine Frau wie dich, Yuna. Vertrau mir einfach.« Er lässt von mir ab und geht zur Bar herüber, um sich einen neuen Drink einzuschenken.

»Wieso sollte ich dir vertrauen?« Im Spiegel kann ich sehen, dass er dicht hinter mir stehen bleibt und einen Schluck seines Drinks nimmt.

»Weil ich dich schon einmal gerettet habe«, erinnert er mich wieder an diese eine Nacht zurück. Wie kann es sein, dass er sich noch immer an mich erinnert, obwohl ich ihn vergessen habe? Was habe ich an mir?

»Wieso hilfst du mir?«, frage ich ihn irritiert. Uns verbindet nichts! Was für Hintergedanken hat er?

Rage tritt noch näher an mich heran, sodass ich seinen warmen Atem auf meiner Haut spüre. Mit der linken Hand fährt er sachte über die Stelle an meinem Arm, in der mir das Betäubungsmittel injiziert wurde. Entgegen meiner Erwartung zucke ich nicht einmal zurück.

»Weil ich nicht glaube, dass du auf den Podesten enden willst, Yuna. Und außerdem … erinnerst du mich an jemanden.« Seine letzten Worte kommen abgehackt, man sieht seinem Spiegelbild an, dass er gleich seine Kontrolle verliert.

Mein Körper kribbelt angenehm, weil mir das Gefühl seines Atems auf meiner Haut gefällt. Dabei sollte ich vor Angst zurückweichen … Aber ich kann nicht.

»Wirst du mir eine Wahl lassen?«, hake ich wispernd nach, auch wenn ich die Antwort bereits kenne. Er wird mir keine Wahl lassen, dafür wirken seine Augen zu entschlossen. Seine Hand liegt auf meiner Schulter und drückt fest zu.

Stromschläge durchfahren mich aufgrund seiner Berührung. »Was denkst du?«, fragt er mich und ich kann sehen, dass er den Atem anhält. Seine unbekleidete Brust berührt meinen Rücken und ich atme tief durch. »Nein.« Sein Blick sollte als Antwort genügen. Ich liege richtig. Entweder ich gehe auf seinen Deal ein oder ich werde hier versauern.

Innerlich habe ich immer noch die Hoffnung, dass mein Vater mich retten könnte, aber sicher bin ich mir nicht. Immerhin habe ich ihn im Stich gelassen. Etwas, das Francis Raven nur schwer verkraftet. Er wird schließlich nie zurückgewiesen.

Rage fährt noch einmal über meinen Arm, wobei er meine Taille streift und mich zusammenzucken lässt. Sein Mund liegt an meinem Ohr, sodass seine Worte direkt in meinen Körper übergehen.

»Du wirst jetzt durch diese Tür links gehen. Sie führt nach draußen. Du wirst so schnell es geht von hier weggehen und du wirst niemandem verraten, was hier passiert ist.« Sein Duft hüllt mich ein. Eine Mischung aus Blut, Schweiß und Minze …

»Und morgen wirst du um drei Uhr durch genau diese Tür wieder hier reinkommen, haben wir uns verstanden?« Seine Frage lässt keine Widerrede zu, also nicke ich schwach. Meine Beine fühlen sich an wie Wackelpudding.

Als bestünde ich nicht mehr aus Fleisch und Blut, sondern nur noch aus blindem Verlangen diesem Mann gegenüber. Zufrieden lächelt er und dieses Lächeln jagt mir erneute Schauer über den Rücken. »Dann sehen wir uns morgen, Yuna.«

Wieder betont er meinen Namen so verführerisch, dass ich ihn schmerzlich vermisse, als er um mich herumgeht und die Tür ansteuert, durch die ich diesen Raum betreten habe. Bevor er geht, hält er inne.

»Und pass auf dich auf. Die Nacht ist noch viel gefährlicher, als du ahnst.«

Mit diesen Worten öffnet er die Tür und schlägt sie schwungvoll hinter sich zu. Einen Moment lang verharre ich noch zitternd in der Mitte des Zimmers und hänge meinen Gedanken an ihn nach. Stelle mir vor, wie es wäre, von ihm beschützt zu werden … wie es wäre, ihn zu küssen.

Kopfschüttelnd reiße ich mich aus meiner Trance und renne zu der Tür, die aus dieser Hölle herausführt. Die kühle Nachtluft empfängt mich mit offenen Armen, als ich hinaustrete und wortwörtlich um mein Leben renne.

Mein Innerstes wehrt sich gegen den Gedanken, morgen wieder herzukommen. Und doch glaube ich, dass ich meinem Herzen das Denken überlassen werde … ja, ich werde herkommen. Auch wenn es mein Todesurteil bedeutet.

Ein Rabe als *Geschenk*

Kaum zu glauben, dass sie sich nicht an mich erinnern soll. Ich erinnere mich nur zu gut an ihren verschreckten Gesichtsausdruck in jener Nacht vor dem Club. Schließlich habe ich ihretwegen Kikis grandiosen Blowjob unterbrochen.

Ich hätte wetten können, dass sie mich wiedererkennt. Und fuck, ich verliere meine Wetten nie! Die Tatsache sollte mich nicht kränken, schließlich gibt es genug Frauen, die alles dafür tun würden, an ihrer Stelle zu sein.

Aber die Kleine hat meinen Kampfgeist geweckt. Und ich habe nur ein Ziel: Ich werde dafür sorgen, dass mich Francis' kleine Prinzessin nie wieder vergisst. Sie soll an mein Gesicht denken, wenn sie aufwacht und wenn sie abends im Bett liegt und nicht einschlafen kann.

Soll sich vorstellen, wie es ist, wenn ich in ihr bin. Sie soll nicht nur nachts von mir träumen, sondern vierundzwanzig Stunden am Tag. Wieso ich das will?

Ich weiß es nicht. Vielleicht, weil sie mein Ego verletzt hat und ich als Strafe ihre Selbstachtung verletzen will.

Bevor ich in meiner zum Club angrenzenden Wohnung verschwinden kann, hält mich jemand zurück. Knurrend drehe ich mich um und blicke meinem Boss in die Augen.

»Hey, Sieger!« Er klopft mir grinsend auf die Schulter und hält seinen Schnaps in die Höhe. »Lass uns anstoßen!« Da ich kein Glas bei mir habe, nicke ich nur, und anstatt auf sein Angebot einzugehen, schubse ich ihn von mir weg. Er blickt sich suchend um und runzelt die Stirn, als er mich wieder ansieht.

»Wo ist dein kleines Geschenk? Marius meinte, du hast dir den Raben gewünscht.« Wieder denke ich an sie. An diesen starken Kontrast ihrer feuerroten Haare zu ihrer fast weißen Haut. Ihre violetten Adern stachen darunter hervor.

In diesem Teil sah sie schärfer aus, als ich mir eingestehen will. Sie war die pure Versuchung. Wie sie oben auf dem ersten Podest stand und ihre Hüften für mich schwang. Und wie sie letztendlich vor mir kniete. Dabei glaube ich nicht, dass sie eine Ahnung hatte, was sie mir damit antat.

»Hab sie nach Hause geschickt«, antworte ich ihm schulterzuckend, als wäre es keine große Sache, dass ich mich ihm und seinen Regeln widersetzt habe.

Mein Boss knirscht mit den Zähnen, als er checkt, dass ich keinen Spaß mache. »DU. HAST. WAS?« Alle Gesichtszüge entgleiten ihm.

Allein das war es wert … Grinsend lehne ich mich zurück und beobachte die Show aus der ersten Reihe. Mein Boss verliert selten die Kontrolle, aber ich schaffe es immer wieder.

»Sie wollte nicht hier sein, also habe ich sie gehen lassen.« In meinen Augen klingt die Erklärung plausibel, doch mein Boss ist alles andere als begeistert.

»Gott, Rage! Die Kleine hat die Menge angeheizt! Sie könnte uns viel Geld einbringen! Davon profitierst auch du!« Seine Worte lassen mich nur auflachen.

Die Kohle geht mir am Arsch vorbei, das ging sie schon immer. Ich bin nicht hier, weil ich das große Geld will, ich bin hier, weil ich nirgendwo sonst hinkann.

»Wir zwingen keine Mädchen, hier zu sein. Schon vergessen?« Jeder, der meinen Boss kennt, würde sich auf die Zunge beißen, um ihn nicht zu verärgern.

Ich nicht.

Es interessiert mich einen Dreck, ob ich hier mein Leben riskiere. Er tritt näher an mich heran, doch ich lasse mich von ihm nicht einschüchtern.

»Ich habe das Sagen, Rage. Das hast du wohl vergessen!«

»Lass Yuna in Ruhe.« Das ist alles, was ich erwidere.

»Was hat die Kleine an sich? Wieso zum Teufel verteidigst du sie?« Noch ein Schritt in meine Richtung, doch ich weiche nicht zurück. Ich denke nicht einmal daran, einzuknicken und nachzugeben.

»Ich verteidige niemanden. Wenn sie hier sein will, wird sie aus freien Stück herkommen. Und wenn nicht, solltest du dir eine neue Marionette besorgen«, zische ich ihn an.

Mein Boss holt aus und feuert sein Glas gegen die Wand in meinem Rücken, an der es lautstark zerspringt. Die Flüssigkeit schwappt gegen meinen nackten Rücken, die Splitter streifen meine Haut.

»Wieso sollte ich mir etwas von dir sagen lassen?«, will er wissen. Es gibt nur einen Grund, weshalb ich für ihn arbeite: weil er mich zu einer schwachen Zeit in meinem Leben getroffen hat.

Jetzt bin ich nicht mehr der schwache Junge von damals. Ich bin stärker als jeder Kerl in diesem verfickten Club. Die meisten von ihnen könnte ich mit einem Schlag töten ... wenn nicht sogar alle.

»Weil du Geld an mir verdienst. An einem Abend mehr als an all den anderen Schlappschwänzen in einem Monat. Weil du sicher nicht willst, dass dein bester Kämpfer das Handtuch wirft, oder?«

Vom Saal ertönen immer noch die Schreie nach mir, auch wenn der Kampf längst vorbei ist. Sie lieben mich. Und mein Boss liebt es, dass sie ihr halbes Vermögen auf mich setzen.

»Ich werde schon noch herausfinden, was du an der Kleinen findest, Rage.« Mit diesem Versprechen lässt er mich stehen und macht kehrt. Bevor er den Flur verlassen kann, halte ich ihn zurück.

»Ach, und, Victor?« Er dreht sich zu mir um, seine hellen Zähne blitzen bedrohlich auf. »Ich will morgen Abend einen neuen Kampf.«

Ohne auf seine Antwort zu warten, stoße ich die Tür zu meinem Bereich auf und schlage sie hinter mir zu. Ich brauche Abstand. Und vor allem brauche ich eines: ein Ventil. Aber erst einmal muss ich unter die Dusche.

Genervt stoße ich die Tür zu meinem Badezimmer auf und erstarre, als ich Kiki entdecke. Sie sitzt auf dem Rand der Badewanne.

Splitterfasernackt.

Sobald ich mich von ihren perfekten Brüsten getrennt habe, sehe ich ihr strahlendes Lächeln. Wortlos gehe ich zu ihr herüber und ziehe sie an mich.

Sie ist nicht die Frau, wegen der ich hart bin. Das weiß ich. Und doch muss ich etwas gegen den Druck in meinem Schritt unternehmen, wenn ich nicht die ganze Nacht wach liegen will. Und ich habe keine Lust, es mir selbst zu besorgen, während ich an sie denke.

Kiki krallt ihre Nägel in meine Haare und flüstert mir etwas gegen den Mund. »Glückwunsch zum Sieg, Babe.« Ihr Surren ignoriere ich gekonnt, stattdessen lege ich die Hände an ihren Arsch und presse sie dicht an meinen harten Schritt.

»Wie lange wartest du schon hier?«, frage ich sie durch unseren Kuss hindurch. Kiki fackelt nicht lange, sie greift unter den Bund meiner Hose und zieht mich eilig aus, sodass ich steif vor ihr stehe.

Mein Schwanz reckt sich ihrem Becken entgegen, und als ich sie noch dichter an mich ziehe, stoße ich mit meiner Spitze gegen ihren Bauch.

»Erst seit ein paar Minuten.«

Mein Blick wandert über ihre grandiosen Titten, hinab zu ihrem flachen Bauch und anschließend zu ihrer Mitte. Sie presst die Beine eng aneinander, weil sie geil ist. Ihre Haare stellen sich auf, genau wie ihre Nippel.

Und auch wenn ich die schönste Frau im Club vor mir habe, denke ich nur an sie. An ihre blasse Haut in dem schwarzen Stofffetzen.

An ihre göttlich langen Beine und ihren perfekten Augenaufschlag. Ja, Yuna hat mich an den Eiern, und ich kann nur hoffen, dass sie morgen hier auftaucht. Dass sie mir vertraut, so dumm es auch klingt.

»Komm schon, Rage. Nimm mich!« Kiki fleht mich an, sie zu ficken, also tue ich ihr den Gefallen und drehe sie mit einer Handbewegung um, sodass sie sich am Rand der Wanne abstützen muss. Ihr praller Arsch presst sich gegen meine Härte, und ohne lange zu fackeln, dringe ich in sie ein.

Ich knurre, als ich mich der Länge nach in ihr versenke. Kiki krallt sich am Porzellan fest, während ich mein Tempo finde und sie mit meinem Schwanz in den Himmel befördere. Sie drückt ihren Rücken elegant durch, während ich in ihre blonden Locken greife und ihren Kopf zurückziehe. Doch in Gedanken sind die Haare nicht blond, sondern rot.

Ihre Haut ist nicht cremefarben, sondern fast weiß. Ihre Hüften sind schmaler, weil ich Yunas Hüften vor Augen habe. Ich ficke nicht Kiki, nein. Ich ficke den Raben mit den grauen Augen … Und es gefällt mir.

So gut, dass ich nicht lange brauche, bis ich mich knurrend in ihr ergieße. Ich lege den Kopf zurück, stoße ein letztes Mal in sie und pulsiere in ihr …

Gott, diese Kleine macht mich fertig … Und ich kann es kaum erwarten, das erste Mal in ihr zu sein und sie zum Schreien zu bringen …

EIN DEAL MIT
dem Teufel

Laute Bässe wecken mich. Ich weigere mich, die Augen zu öffnen, stattdessen presse ich mein Gesicht gequält ins Kissen. Bis ich mich wieder an letzte Nacht erinnere … Ob ich das alles nur geträumt habe?

Eilig ziehe ich mein Shirt hoch. Doch da ist sie immer noch: die Stelle, an der mir die Kerle die Spritze in den Arm jagten. Es war echt. Ich war in diesem Club … und ich wurde von Rage freigelassen. Noch jetzt verstehe ich nicht, was er sich davon erhofft.

Ob er wirklich glaubt, dass ich freiwillig zurückgehe? Ich weiß selbst nicht, was ich glauben soll. Ein Teil in mir weigert sich partout, der andere Teil weiß, dass diese Kerle mich ohnehin jederzeit wieder finden könnten.

»So Raise Your Glass«, trällert plötzlich eine Stimme im Flur, die mich zusammenfahren lässt. Ich werfe verschlafen einen Blick zur Uhr. Es ist gerade mal neun Uhr am Morgen … Ich kann kaum mehr als drei Stunden Schlaf bekommen haben. Aber das kann

Maggy schließlich nicht wissen, sie weiß nicht, dass ich erst früh in den Morgenstunden nach Hause kam. Mein Blick gleitet durch den Raum, und als ich an den Dessous und dem Mantel hängen bleibe, beginne ich, zu zittern.

Die Nacht im Club war real, auch wenn sie sich nur wie ein schlechter Albtraum anfühlt. Ich spüre seine Hände immer noch auf meiner Haut … Seinen Atem. Seine Blicke.

»Aufstehen, Schlafmütze!« Etwas stößt mehrmals gegen meine Tür, also rapple ich mich müde auf und springe aus dem Bett.

In meinem Pyjama schleppe ich mich zur Tür und reiße sie auf. Maggy hat ein Tuch um ihren Kopf gebunden, sie steht summend vor mir und saugt den Boden.

Mürrisch trete ich den Staubsauger mit meinem Fuß aus, sodass P!nks Stimme alles ist, was die Wohnung erfüllt.

»Es ist Sonntag, Maggy! Spinnst du eigentlich völlig?« Gereizt dränge ich mich an ihr vorbei, um auf direktem Weg ins Bad zu gehen.

Doch wenn ich dachte, dass sie mich in Ruhe lassen würde, habe ich mich getäuscht. Sie folgt mir ins Bad und legt ihren Kopf schief. Schnell wende ich den Kopf von ihr ab, sodass ich mich anhand meiner Mimik nicht verraten kann.

»Na, wann warst du zu Hause?« Ihre Frage lässt mich erstarren. Zu gern würde ich ihr die Wahrheit sagen, mich ihr anvertrauen, aber ich kann es nicht.

Rage hat mich gebeten, den Mund zu halten. Also bleibe ich stumm, auch wenn mein Innerstes die Wahrheit rauslassen will.

»Halb eins. Aber ich wollte einfach ausschlafen«, murmle ich, greife mir die Zahnbürste und beginne, mir die Zähne zu putzen. Sobald mein Blick zum Spiegel gleitet, atme ich zischend ein und verschlucke mich an der Zahnpasta.

Der rote Lippenstift liegt immer noch auf meinen Lippen, meine Mascara hängt mittlerweile auf meinen Wangen. Ich halte inne und spüle mir stattdessen eilig die Reste der Nacht vom Gesicht, bevor Maggy sie sehen kann. Ich fühle mich anders.

Als wäre ich nicht mehr dieselbe Yuna, die ich gestern noch war. Diese Nacht hat mich verändert, obwohl ich sonst nichts zu nah an mich heranlasse.

Ich habe schon schlimmere Nächte hinter mir, weil ich bin, wer ich bin. Weil ich diesen bescheuerten Nachnamen mit mir wie eine Last herumschleppe. Aber diese Nacht … war anders.

»Sorry, aber die Wohnung macht sich nicht von allein sauber, du Morgenmuffel!« Mit diesen Worten hält Maggy ein Putztuch in die Höhe und wirft es mir zu.

Durch meine guten Reflexe fange ich es in der Luft ab, während ich mit der freien Hand den Geschmack der letzten Nacht von mir putze.

»Wenn du fertig bist, hilfst du mir.« Ihre Worte lassen keine Widerrede zu.

»Mach ich bis um drei. Dann gehe ich trainieren.« Allein beim Gedanken daran, zurück in den Club zu gehen, wird mir schwindelig. Auf eine seltsame Art und Weise. Ich habe keine Angst mehr davor.

Wo zur Hölle ist mein Überlebenswille hin? Normalerweise müsste ich meine sieben Sachen packen und verschwinden. Das Land verlassen.

Aber ich kann nicht … etwas an diesem Mann und diesem Club zieht mich magisch an sich. Es war kein Spaß, als ich sagte, dass ich der Pluspol für den Minuspol des Bösen bin. Ich bin das Stück Fleisch, sie sind die Fleischfresser.

Rage versprach mir, dass ich in Sicherheit sein würde. Und ein tiefer Kern in mir glaubt ihm, obwohl ich ihn nicht kenne. Wieso hätte er mich gehen lassen sollen, nur, um mich heute wieder den Löwen zum Fraß vorzuwerfen?

»Wir können zusammen trainieren gehen, wenn du willst«, schlägt mir Maggy vor, was mich augenblicklich husten lässt. Ich spucke die Zahnpasta aus und spüle mir den Mund.

»Ich würde heute lieber allein trainieren. Sei mir nicht böse, aber du lenkst mich zurzeit zu sehr ab. Ich muss mich echt reinhängen, wenn ich nicht will, dass

Mrs. Smith mich einfach ersetzt«, wimmle ich sie ab und hoffe, dass sie meine Bitte akzeptiert.

»Okay, wie du willst ... Hat dir schon mal jemand gesagt, dass du dich echt komisch verhältst? Wurdest du heute Nacht von Aliens entführt?«

Sie macht nur einen Scherz, dabei weiß sie gar nicht, wie nah sie an der Wahrheit liegt. Es waren vielleicht keine Aliens, aber Monster.

Dämonen der Dunkelheit ... sie waren das Böse. Und ich lasse mich freiwillig in ihre Arme treiben ... Habe ich eigentlich den Verstand verloren?

**

Um kurz vor drei stehe ich in meiner Sportbekleidung vor dem Hintereingang des Clubs, durch den ich mitten in der Nacht verschwunden bin.

Mein Herz schlägt mir buchstäblich bis zum Hals. Was ist nur in mich gefahren? Wieso um Himmels willen gehe ich auf seine Forderung ein? Ich war frei! Und jetzt begebe ich mich ein zweites Mal in die Klauen des Palace of Pain.

Eines steht fest: Würde mein Erzeuger hiervon Wind bekommen, würde er mich schneller einsperren, als ich fliehen kann.

»Willst du noch lange da stehen und überlegen, ob du reinkommen oder wegrennen sollst?« Eine melodische Stimme reißt mich aus meinen Überlegungen. Räuspernd blicke ich auf und sehe Rage ins Gesicht. Er trägt ein graues Shirt und eine lange Sporthose, dazu passende Turnschuhe. Wenn man ihn so sieht, könnte man meinen, er wäre ein ganz normaler Sportler, der gleich joggen gehen will. Außer dem Cut in der Braue erinnert nichts mehr an den brutalen Kämpfer von letzter Nacht. Man denkt hier nicht an einen der gefährlichsten Männer Atlantas.

»Wie lange stehst du schon da?« Da ich die Zeit vergessen und in meinen Gedanken versunken war, könnte er schon seit einigen Minuten in der Tür stehen. Er lehnt gegen den Türrahmen und verzieht keine Miene.

»Wie lange stehst du schon da und kämpfst mit dir selbst?« Seine Gegenfrage lässt mich wütend werden. Immerhin geht es hier weit mehr als um ein Training. Es geht um meinen freien Willen und mein Leben.

Ohne ihm zu antworten, dränge ich mich an ihm vorbei und fühle eine stechende Beklemmung in meiner Brust, als ich den roten Teppichboden betrete. Gestern Nacht kniete ich noch halb nackt auf High Heels am Boden, während ich wie eine Puppe behandelt wurde.

Jetzt trage ich meine weißen Turnschuhe, eine enge Leggings und ein leichtes Sporttop. Hinter mir schließt Rage die Tür, sodass ich mich gleich wieder eingesperrt fühle und am liebsten wegrennen würde. Dennoch versuche ich, die Fassung zu wahren. Er darf nicht sehen, wie ich empfinde, wenn ich hier bin.

»Bekomme ich eigentlich mein Handy wieder?«, frage ich ihn gereizt und sehe mich noch einmal in dem Raum um. Ich mag mir gar nicht ausmalen, wie viele Frauen sich hier schon für ihn an die Stange geschmiegt haben …

Ist das etwa Eifersucht, die in mir aufkommt? Unsinn. Ich kann unmöglich eifersüchtig sein … Oder? Dabei ist der Gedanke nicht einmal abwegig, schließlich hatte ich schon immer eine Schwäche für Männer mit Beschützerinstinkten. Und die muss Rage einfach haben, sonst hätte er mich nicht zwei Mal gerettet.

»Wenn du dich beim Training gut schlägst, können wir drüber nachdenken«, erwidert er, ohne irgendein Gefühl in seine Stimme zu legen.

Ich drehe mich zu ihm um und schlucke schwer, als ich sehe, dass er direkt vor mir steht. Sein Duft nach frischem Shampoo steigt in meine Nase und vernebelt mich.

»Dann lass uns das schnell hinter uns bringen, damit ich nicht mehr in deiner Schuld stehe.« Das ist der eigentliche Grund, weshalb ich mich hierauf eingelassen habe.

Rage hat mich gehen lassen, und ich hasse es, jemandem etwas schuldig zu sein. So war es schon immer und so werde ich vermutlich immer sein.

»Du denkst, dass du in meiner Schuld stehst?« Mit dieser Frage geht Rage an mir vorbei und öffnet die Tür, durch die ich gestern Abend geschleift wurde.

Unsicher gehe ich voran und steige die Treppe vor ihm hinauf. Als ich auf dem Flur stehe, bekomme ich Panik. Nicht, weil ich dieselbe Angst wie letzte Nacht verspüre. Sondern weil ich mich seltsamerweise wohlfühle.

Die hübsch gestrichenen Wände mit den dunklen Ornamenten ... die Bilder. Der weiche Boden. Alles in allem könnte man niemals vermuten, wie dunkel dieser Ort nachts ist. Wie bedrückend die Atmosphäre dann wird ... Und es gefällt mir, wie wandelbar dieser Ort ist.

Vielleicht fühle ich mich ihm verbunden, weil ich genauso wandelbar bin. Vor Maggy kann ich das brave Mädchen sein, das abends mit Chips und Popcorn vor dem TV sitzt. Aber tief in meinem Inneren ... da gibt es auch noch eine andere Yuna. Eine dunkle Seite, die ich vor ihr nicht ans Licht lassen will.

»Ja, du hast mich gehen lassen, also stehe ich in deiner Schuld. Was hättest du mit mir gemacht, wenn ich nicht gekommen wäre?«, frage ich ihn interessiert.

Rage deutet auf das Ende des Ganges, also gehe ich, dicht von ihm gefolgt, darauf zu. Dort angekommen, zückt Rage einen Schlüssel und öffnet die schwere torähnliche Tür.

Zum Vorschein kommt eine Trainingshalle. Ein Ring steht inmitten des Raumes, diverse Hanteln und Hantelbanken befinden sich auf der linken Seite.

Auf der rechten Seite stehen die Stangen zum Tanzen, und sofort kribbelt es in meinem Körper, weil ich mich nach meinem Hobby sehne … Weil ich in diesem Moment auch vor ihm tanzen würde.

Für ihn.

Gott, was denke ich da nur? Ich muss meinen Verstand wirklich auf dem Weg hierher verloren haben. Allein, dass ich hier bin, ist verrückt! »Ich meine, du hättest mich bestimmt holen lassen, oder?«, hake ich noch einmal nach und sehe ihn an.

Rage geht leichtfüßig die Treppe hinunter und ich folge ihm automatisch. »Das wirst du nie erfahren, schließlich bist du hier.« Er dreht sich zu mir um und geht rückwärts vor mir her, sodass ich seinen Blick ganz genau auf mir spüre.

Ich muss zugeben, dass mir dieser lässige Stil an ihm gefällt. Hier würde niemand vermuten, wie dunkel seine Seele ist. Er ist also genauso wandelbar wie dieser Ort und ich. Eine Gemeinsamkeit, die mich lächeln lässt.

»Ich verstehe immer noch nicht, wieso du mit mir trainieren willst.« Die Frage brennt mir schon auf der Zunge, seit er mich gebeten hat, heute wiederzukommen. Rage erreicht den Ring, geht über die Absperrung und winkt mich zu sich heran.

»Sagen wir so: Die Tage im Club können ziemlich langweilig sein. Ich wollte Abwechslung.« So gern ich ihm glauben würde, ich kaufe ihm keines seiner Worte ab. Dennoch lasse ich meine Tasche zu Boden fallen, steige ebenfalls in den Ring und mache eine ausladende Handbewegung.

»Und jetzt? Wie stellst du dir das vor?«, will ich wissen. Allein die Tatsache, dass ich mit Rage in einem Ring stehe, macht mich konfus.

Das hier würde mir nicht einmal Maggy glauben, wenn ich ihr davon erzählen dürfte. Sie hat sicher schon von Rage und dem Club gehört, sie würde mich einweisen lassen, wenn sie wüsste, dass ich freiwillig hier bin.

»Jetzt zeigst du mir erst einmal, wie schnell und stark du bist. Ich muss wissen, an welchem Punkt du stehst«, sagt er leise und doch legt er wieder diese hypnotisierende Melodie in seine Stimme.

»Okay.« Mit diesen Worten beginne ich, mich zu dehnen. Jeder Sportler weiß, dass man an diesem Schritt nicht vorbeikommt.

Nachdem ich Arme und Beine gedehnt habe, deute ich ein Seilspringen an, um auf Touren zu kommen und meinen Puls anzuregen. Dabei spielt der schon verrückt, seit ich hier ankam ... Rage beobachtet mich derweil interessiert.

Weil ich seine Starre nutzen will, atme ich ein letztes Mal tief durch und stürze mich auf ihn. Ich will einen Griff an ihm anwenden, den mir mein Vater damals beigebracht hat, aber Rage' Reflexe sind schneller. Sekunden später liege ich bereits am Boden.

»Denselben Fehler machen meine Gegner ständig. Man kann nicht einfach ohne Strategie auf jemanden einprügeln, kleiner Rabe.« Er steht über mir und reicht mir die Hand, damit ich aufstehen kann. Ich lockere meine Glieder und hebe die Hände abwehrend vor die Brust. »Rabe? Wieso nennst du mich so?«, frage ich ihn kokett und ramme ihm meine Faust direkt in den Rippenbogen. Doch Rage scheint meinen Schlag nicht einmal zu bemerken.

»Du bist eine Raven, schon vergessen?« Rage weicht einen Schritt vor mir zurück, also stürze ich mich ein weiteres Mal auf ihn, ohne auf seinen Tipp zu hören.

»Als könnte ich das vergessen. Der Name ist wie ein Fluch«, knurre ich und hole noch einmal aus. Rage lässt all das mit sich machen, ohne mit der Wimper zu zucken.

Ich sammle die Wut auf meinen Vater in mir zusammen und boxe ihm donnernd gegen das Brustbein. Natürlich macht ihm das nichts aus. Aber mir hilft es ungemein, so kann ich meiner Wut endlich ein Ventil geben.

»Wie stehst du zu deinem Vater?« Seine nächste Frage trifft mich unverhofft, sodass ich meine Arme sinken lasse und ihn ansehe. Schweiß steht schon jetzt auf meiner Stirn, der mir zeigt, dass ich noch viel trainieren muss, wenn ich in dieser Welt bestehen möchte.

»Ich hasse ihn. Reicht das?«, frage ich ihn zischend und tänzle um ihn herum. Weitere Male hole ich aus, dieses Mal treffe ich seine Magengrube.

»Sag mal, bist du aus Stahl oder was?« Ich lege all meine Kraft in die Hiebe, doch er zuckt nicht mal zurück!

»Nein, ich spüre einfach keine Schmerzen«, lacht er auf und funkelt mich regelrecht an. Damit ich nicht untätig herumstehe, verpasse ich ihm einen Tritt gegen den Oberschenkel, den er wie erwartet einfach einsteckt. Er ignoriert meine kämpferischen Avancen regelrecht. »Ich dachte, du willst mich trainieren. Momentan stehst du einfach nur wie ein nasser Sack herum!«, beschwere ich mich keuchend.

»Du sollst deinen Frust rauslassen, bevor wir trainieren«, erklärt er mir und zuckt mit den Schultern. Seine Gleichgültigkeit macht mich noch fuchsiger, also trete ich ihm gegen den anderen Oberschenkel. Und er hat recht: Das hier ist das beste Ventil für die Wut auf meinen Vater.

»Ich will, dass du dich wehrst!«, knurre ich ihn an und klinge dabei wie eine Wildkatze. Eine Tatsache, die seine Mundwinkel nach oben zucken lässt.

»Wie du willst.« Als ich zum nächsten Schlag ansetze, hat Rage meine Handgelenke gepackt und mich mit dem Rücken zu sich gedreht.

Sekunden später gehe ich zu Boden. Sein Körper ist über mir, ich kann seine Brust an meinem Rücken spüren. All das passiert so schnell, dass sich alles um mich herum dreht. Meine Wange wird gegen den Beton gepresst und ich keuche auf.

»Und nun? Wie willst du so trainieren?«, fragt er mich und ich kann den Spott in seiner Stimme heraussickern hören. Ich winde mich unter ihm, habe aber keine Chance.

Nach einer Weile lässt er nach, sodass ich es zumindest schaffe, mich unter ihm umzudrehen und ihn anzusehen.

Er hält meine Hände neben meinem Kopf gefangen, sodass ich mich nicht mehr rühren kann. Unsere Gesichter sind einander viel zu nah ... er ist mir viel zu nah. So nah war ich bis jetzt nur Männern, mit denen ich auch mein Bett geteilt habe.

»Ein Rabe in Gefangenschaft kann nicht fliegen, was?« Wieder umspielt dieses kaltherzige Lächeln seine Lippen, das dem ganzen Mann eine Härte verleiht, die mich erzittern lässt.

Ich versuche, zu ignorieren, dass ich seine Härte an meinem Bauch spüre, aber ich schaffe es nicht. Flüssigkeit sammelt sich zwischen meinen Beinen, die ich eng zusammenpresse.

»Ich. Bin. Kein. Rabe!«, gifte ich ihn an und versuche derweil weiterhin, mich unter ihm zu befreien. Aber ich habe gegen seine Kraft einfach keine Chance, obwohl er sich nicht einmal anzustrengen scheint.

»Was bist du dann? Ein Schmetterling? Vergiss es«, antwortet er mir hart. Seine Augen fahren über mein Gesicht, er scannt jeden Zentimeter meiner Haut.

»Tief in dir drin bist du genauso dunkel wie dein Vater. Genauso düster wie ich. Und auch diese farbenfrohen Klamotten ändern nichts an deiner Herkunft, Yuna«, spuckt er mir regelrecht ins Gesicht. »Und jetzt befreie dich aus meinem Griff, wenn du willst, dass ich dir deine Sachen zurückgebe.«

Rage regt meinen Kampfgeist an, sodass ich noch mehr Kraft in mich setze. Doch er rührt sich nicht vom Fleck. Bevor ich aufgeben kann, kommt mir schließlich der zündende Gedanke. Ich verlasse meine Schutzmauern, beuge mich vor und küsse ihn. Anfangs scheint Rage kaum zu glauben, dass sich unsere Lippen berühren, doch als er seinen Mund öffnet und seine Zunge in meinen gleiten lässt, seufze ich leise auf.

Seine Härte liegt noch immer an meinem Bauch und ich beginne, mich an ihm zu reiben, obwohl er mir jegliche Bewegungsfreiheit raubt.

Unsere Zungen liefern sich das Duell, das wir eigentlich im Ring führen sollten. Ich überlasse seinem Mund die Führung und kann mir ein Stöhnen nicht verkneifen, als er von meinen Handgelenken ablässt und stattdessen mein Gesicht umfasst.

Seine Körperspannung lässt nach, sodass ich ihn zur Seite rollen und mich auf ihn setzen kann. Rage lässt mich gewähren und ich löse den Kuss nicht.

Sehnsucht durchflutet mich, als ich spüre, dass er noch härter wird. Ich sitze verdammt noch mal auf seinem Ständer! Und ich kann nicht leugnen, wie verrückt mich der Gedanke macht. Wie sehr ich mir in diesem Moment mehr wünsche … Ich will Verbundenheit. Weil ich ein schwacher Mensch mit schwachen Nerven bin. Ich will mehr …

Seine Hände umfassen besitzergreifend meine Taille, und so presst er mich noch dichter gegen seine

Erektion. Ein weiteres Seufzen überkommt mich, das sich Sekunden später in ein leises „Rage" verwandelt.

Seine Finger bohren sich förmlich in mein Fleisch, während ich die Intimität des Augenblickes genieße. Immerhin weiß ich, dass diese gleich wieder vorbei sein wird.

Alle Nervenzellen wabern in mir, bringen mich um den Verstand, sodass ich Raum und Zeit vergesse. Ich verdränge, dass ich im Club bin. Bei Menschen, die mich gestern Nacht noch zu Sachen gezwungen haben, die ich nicht tun wollte. Alles nur, weil sich seine Zunge viel zu verführerisch an meine drückt.

»Schachmatt«, flüstere ich gegen seine Lippen und inhaliere seinen Duft ein letztes Mal, bevor ich mich widerwillig von seinen Lippen löse.

»Du manipulatives Miststück«, raunt er und sieht mich durchdringend an. Seine Blicke machen mich fertig, sie machen mich regelrecht willenlos.

»Du stehst auf unfaire Mittel, kann das sein?«, setzt er noch hinterher. Seine Hände liegen immer noch auf meiner Taille und ich kommentiere seine Frage mit einem kessen Grinsen.

»Vielleicht. Und jetzt gib mir mein Handy.« Ich sitze immer noch rittlings auf ihm und denke gar nicht daran, aufzustehen. Zu sehr genieße ich das Gefühl seines Körpers unter meinem.

»Greif in meine Hose«, sagt er in dunklem Ton. Ich erstarre über ihm und schüttle den Kopf.

»Vergiss es!« Fast bin ich gewillt, aufzuspringen und ihn hier zurückzulassen, doch er hält mich immer noch so fest, dass ich mich nicht rühren kann.

»In meine Hosentasche, Yuna«, erklärt er mir mit gerunzelter Stirn. Während ich mir ein Lachen nicht verkneifen kann.

Dachte ich wirklich, dass er so etwas von mir verlangt? Auf so plumpe Art und Weise? Rage sieht eher aus wie ein Mann, der sich wortlos nimmt, was er will.

»Okay?« Ich taste nach den Taschen seiner Hose und zücke anschließend ein Handy. Mein Handy. Erleichtert presse ich es mir gegen die Brust und funkle Rage wütend an.

Doch meine Wut verflüchtigt sich, als ich etwas in seinem Blick aufkeimen sehe, das ich niemals darin erwartet hätte: etwas Menschliches.

»Wieso tust du das hier? Wieso bist du ein Teil von all dem?«, wispere ich und versuche krampfhaft, seine Hände auf meinem Körper zu ignorieren. Rage scheint einen Moment in seinen Gedanken versunken zu sein, bevor er antwortet. »Weil ich nichts anderes kann. Schon lange nicht mehr.«

UNBEKANNTE
Sehnsüchte

Eine Stunde lang trainiert Rage mich. Der Schweiß steht an jeder Stelle meines Körpers, meine Lunge pumpt den Sauerstoff schmerzend durch meinen Körper und verhindert, dass ich einfach bewusstlos zu Boden gehe.

Auch wenn ich mich nicht als unsportlich bezeichnen würde, hat Rage mir gezeigt, dass ich noch lange nicht an meine Grenzen gestoßen bin.

»Ich bringe dich heim.« Seine Worte lassen keinen Widerspruch zu, als er aus dem Ring geht und die Tür ansteuert. Mit rasendem Puls folge ich ihm.

»Wieso? Ich finde schon allein nach Hause«, versichere ich ihm, obwohl ich nicht will, dass sich unsere Wege hier trennen. Ich habe keine Ahnung, was in mich gefahren ist, aber ich genieße seine Nähe mehr, als ich sollte. Schließlich komme ich vom Regen in die Traufe, wenn ich mich auf dieses Gefühl einlasse. Dabei habe ich endlich den Absprung geschafft und mich von meinem Vater gelöst.

»Daran zweifle ich auch nicht.« Rage stößt die Tür auf und lässt mir den Vortritt. Da ich den Weg mittlerweile kenne, gehe ich automatisch über den Flur zur Treppe.

»Woran sonst? An meiner mentalen Verfassung?«, witzle ich, auch wenn mir nicht zum Spaßen zumute ist. Eigentlich will ich allein heimgehen, ich kann die Fragen, die bei Maggy aufkommen könnten, wirklich nicht gebrauchen.

»Ich will mir nur sicher sein, dass du keine Dummheiten machst«, erklärt er mir mit ruhiger Stimme. Vor der Tür zum VIP-Bereich bleibe ich stehen und drehe mich zu ihm um. Sein Blick gleitet über meinen verschwitzten Körper.

»Ich gehe allein.« Es ist keine Bitte meinerseits, sondern eine Forderung. Auf keinen Fall kann ich mir meine neu gewonnene Freiheit jetzt von einem anderen Mann rauben lassen.

Viel zu lange habe ich in den Ketten meines Erzeugers gelebt, wenn ich mich jetzt wieder in dieses Gefängnis begebe, werde ich nie auf eigenen Beinen stehen.

Rage will schon widersprechen, aber ich schüttle energisch den Kopf. »Versuch gar nicht erst, mich umzustimmen. Und jetzt lass mich bitte raus.«

Entgegen meiner Erwartung nickt Rage angespannt, öffnet anschließend die Tür und führt mich in den Raum aus Gold und Rot. Ich kralle mich an meiner Sporttasche fest und gehe zum Hinterausgang.

»Warte, Yuna«, knurrt er hinter mir und bringt mich zum Stoppen. Schluckend drehe ich mich zu ihm um. Er ist mir so nah, und obwohl er mir während des Trainings noch näher war, fühlt es sich hier anders an. Intimer. Als würde er buchstäblich in meine Seele blicken.

»Was gibt es denn noch?« Er wahrt einen minimalen Abstand zu mir. Gerade so viel, dass wir uns nicht berühren und doch so wenig, dass ich seinen Atem auf meiner Haut kribbeln spüre.

»Heute Abend findet ein neuer Kampf statt. Ich will, dass du dabei bist.« Es ist keine Bitte, keine Frage. Nein, Rage bittet mich hier nicht um ein Date, er fordert. Irritiert runzle ich die Stirn und versuche, meine Atmung wieder unter Kontrolle zu bringen.

»Wieso sollte ich dabei sein?« Das ist nur eine der Fragen, die er in mir wachruft, und doch ist sie die wichtigste.

»Weil ich dich so besser im Blick habe, wenn du dich wieder in Schwierigkeiten bringst«, raunt er in dieser bittersüßen Melodie.

»Der Club macht mir Angst, Rage. Ich bin in Schwierigkeiten, wenn ich hier und nicht zu Hause bin«, widerspreche ich ihm. Rage schnaubt verächtlich, als er einen Schritt auf mich zukommt.

Obwohl wir uns noch immer nicht berühren, fühlt es sich genauso an. Gedanklich fahre ich über seine muskulösen Arme, hinauf zu seinen Schultern und anschließend kralle ich mich in seinem Haar fest. In der

Realität bleibe ich einfach nur stocksteif vor ihm stehen. »Wenn du die richtigen Leute an deiner Seite hast, ist der Club der sicherste Ort für ein Mädchen wie dich, Yuna.« Wieder bringt mich die Art und Weise, wie er meinen Namen ausspricht, um den Verstand.

Ohne auf eine Antwort von mir zu warten, beugt er sich vor. Ich stelle mich bereits auf den Kuss ein, öffne meine Lippen und schließe die Augen. Doch egal, wie lange ich warte, es passiert nichts.

Das Einzige, was ich höre, ist das Öffnen der Tür in meinem Rücken. Flatternd schlage ich die Lider auf. Rage ist mir noch immer viel zu nah, während er um mich herumgreift und die Tür mit einem kraftvollen Stoß aufdrückt. Die frische Luft, die jetzt in den Raum strömt, klart meine vernebelten Gedanken auf.

»Sei um acht da, ich sorge dafür, dass du reingelassen wirst«, flüstert er mir ins Ohr, bevor er sich zurückzieht und wieder Distanz zu mir aufbaut.

Mit pochendem Herzen und schlotternden Knien weiche ich einige Schritte zurück, bis ich mit den Turnschuhen auf dem Asphalt auftrete. Mein Blick haftet derweil weiterhin an Rage, der siegessicher lächelt.

»Du wirst nicht kommen, habe ich recht?« Seine Mundwinkel zucken, seine Augen aber verdunkeln sich. Ich kann mir ein Schmunzeln nicht verkneifen und weiche schulterzuckend noch einige Schritte zurück.

»Werde ich nicht?« Und mit dieser Frage lasse ich Rage ahnungslos im Club zurück und verschwinde aus seinem Blickfeld ... Werde ich? Oder werde ich nicht?

***

»Wow, was hast du denn noch vor?« Pfeifend und anerkennend kommt Maggy ins Badezimmer. Anhand ihrer Klamotten erkenne ich, dass sie den Abend hier verbringt, schließlich ist es Sonntag und im Vergleich zu mir muss meine Freundin tagsüber arbeiten.

Es ist nicht so, dass ich mich auf meinem Namen und dem damit verbundenen Geld ausruhen möchte, ich weiß einfach noch nicht, was ich mit meiner neuen Freiheit anstellen soll. Mein Vater hätte mir niemals erlaubt, einem Job nachzugehen. Dafür liebte er die Kontrolle über mich viel zu sehr.

»In einen Club«, erwidere ich schnell, in der Hoffnung, dass sie es darauf beruhen lässt. Wie erwartet tritt das Gegenteil ein. Maggy tänzelt zu mir herüber und setzt sich auf den Rand der Wanne.

»An einem Sonntagabend? Welcher Club schafft es, Yuna Raven aus ihrem Mauseloch zu locken?«, will sie ernsthaft wissen und wickelt sich derweil eine Strähne um den Zeigefinger.

Allein beim Gedanken an den Club und Rage rast mein Herz. Nicht nur aus Angst, sondern auch vor Aufregung. Diese Mischung ist viel zu explosiv für mich. Als würde ich auf eine heiße Herdplatte fassen, obwohl ich weiß, dass sie mich verbrennen wird.

»Ich hab den Namen schon wieder vergessen, aber ich treffe mich nachher an der fünfzigsten mit jemandem.« Im Spiegel kann ich sehen, dass Maggy ihre Augen aufreißt und in ihrer Bewegung stoppt.

»Du datest jemanden?« Sie klingt, als wäre es abwegig, dass ich ein Date habe. Und wenn ich ehrlich bin, ist es das auch. Ich date niemanden. Weil ich keine Lust auf diese schmalzigen Abende im Restaurant habe.

Ich hasse diese Pärchen, die sich einmal in der Woche zu einer Date Night treffen, sich einen schmalzigen Liebesfilm ansehen und im Dunkeln miteinander knutschen. Schon der Gedanke daran, eines Tages so zu enden, lässt mich innerlich erschaudern.

Tief in mir drin bin ich vielleicht wirklich kein Schmetterling … Rage' Worte kommen mir wieder in den Sinn und lassen mich innerlich erzittern. Innerlich bist du genauso dunkel wie dein Vater … Stimmt das? Bin ich wirklich nicht besser als er?

»Es ist kein Date, es ist nur eine Verabredung unter Freunden«, zische ich sie an, weil mir die Richtung unseres Gesprächs nicht gefällt.

»Ist ja gut, Mann. Da ist wohl jemand mit dem falschen Fuß aufgestanden, was?« Maggy steht auf, stellt sich hinter mich und grinst kess mein Spiegelbild an. Ich boxe ihr gegen den Arm und scheuche sie dann mit einer raschen Handbewegung nach draußen.

Hinter ihr schließe ich das Bad ab und lehne mich mit dem Rücken gegen die Tür. Mist. Was ist, wenn sie recht hat? Wenn das hier doch ein Date ist?

Den Gedanken daran abschüttelnd, trete ich wieder an den Spiegel, um mich für den Abend fertig zu machen …

***

Bereits von draußen bemerkt man, dass die Stimmung im Club am Kochen ist. Menschen grölen wie in der letzten Nacht. Durch die milchigen Scheiben der Tür kann man nicht viel erkennen, ich sehe nur schwache Silhouetten dahinter vorbeihuschen.

Einen Moment stehe ich noch vor der Tür und überlege. Sollte ich wirklich da reingehen? Nur, weil er mich darum gebeten hat? Ich hatte mir vorgenommen, mein Leben selbst zu bestimmen und doch stehe ich jetzt hier und gebe meinen freien Willen ein weiteres Mal an einen Mann ab.

Ich straffe die Schultern und werfe einen Blick an mir hinab. Nach langem Hin und Her habe ich mich schließlich für ein kurzes, schwarzes Kleid entschieden, das zwar Haut zeigt, mich aber nicht billig macht. Wieso vertraue ich Rage überhaupt? Wenn er lügen sollte, werde ich wieder am Anfang stehen.

Dann wird mich dieses Scheusal wieder zum Tanzen zwingen. Dieses Mal wird er mich nicht so fahrlässig aus den Augen lassen … Dieses Mal würde alles anders sein.

Und doch greife ich letztendlich nach dem Griff der Tür und ziehe sie schwungvoll auf. Eine Mischung aus Qualm, Schnaps und Sex empfängt mich, sodass ich mir ein Husten verkneifen muss.

Der Gang ist in ein tiefes Rot getaucht, das mich schwer schlucken lässt. Bereits nach wenigen Sekunden habe ich mich an den erdrückenden Geruch gewöhnt, der meine Nase verätzt.

»Na, sieh mal einer an«, säuselt plötzlich jemand neben mir. Erst auf den zweiten Blick fällt mir der Mann auf, der im Rauch neben mir steht.

Und erst auf den dritten erkenne ich den Kerl, der mich Rage gestern zum Fraß vorwerfen und auch noch dabei zusehen wollte. Ich recke mein Kinn in die Höhe und sammle mich, obwohl ich ihm am liebsten ins Gesicht spucken würde.

»Rage hat mich hergebeten.« Seine Mundwinkel sind beinahe unmenschlich nach oben verzogen und seine grauen Augen blitzen belustigt auf.

»Ich weiß.« Er legt seine Hand unter mein Kinn, die ich sofort wegschlage. »Sonst wärst du ganz bestimmt nicht hier, Kleine«, setzt er noch hinterher und sucht in meinem Gesicht nach etwas. Aber wonach? Nach dem Teil, der sich von diesem Ort angezogen fühlt? Gestern hätte ich derartige Gefühle sofort abgestritten, doch heute ist alles anders. Tagsüber wirkte dieser Club so friedlich. Jetzt schreit er förmlich nach Kriminalität. Vielleicht bin ich auch nur hier, weil das mein Schicksal ist. Weil ein Teil von mir das Dunkle nie ganz loslassen kann.

»Kannst du mich zu ihm bringen?«, frage ich ihn und versuche dabei, meinen Unmut zu verschleiern. Ich trage an diesem Tag eine Maske, die mein wahres Ich versteckt. Ich bin mir ja nicht einmal sicher, ob ich mein wahres Ich kenne.

»Der Kampf beginnt in wenigen Minuten, komm mit.« Ruppig zerrt er an meinem Arm und schleift mich genau wie gestern durch den Gang.

An einer großen Tür halten wir schließlich inne und treten in den Saal ein. Mein Blick wandert über die Menschenmassen, einige Gesichter habe ich bereits beim letzten Kampf entdeckt.

Die Leute toben, die Stimmung legt sich wie ein heißer Schleier schützend um den großen Raum. Ich schüttle den Kerl von mir ab und funkle ihn wütend an.

»Ich kann allein gehen!« Er hebt abwehrend die Hände in die Luft und deutet auf den Ring. »Rage will dich in der ersten Reihe sehen, also setz dich hin und halt die Schnauze.«

Am liebsten würde ich ihm einen Tritt in die Eier verpassen, aber ich zügle mich und lasse ihn einfach stehen. Stattdessen trete ich an den Ring heran, spüre die Blicke der Männer auf mir ruhen, und setze mich in die erste Reihe. Direkt neben eine Frau in einem goldenen Kleid. Es reicht bis zum Boden, ist trägerlos und einfach atemberaubend schön. Im Vergleich zu ihr fühle ich mich schon fast unscheinbar …

Schwer atmend mache ich es mir auf dem Sitz bequem und blicke mich um. Mein erster Anhaltspunkt sind die Podeste am Himmel.

Auf der Nummer eins steht jetzt Kiki und schwingt ihre Kurven zur Musik. Beim Gedanken daran, wie es sich angefühlt hat, von allen Männern im Saal angegafft zu werden, wird mir übel.

Sie geht in ihrem Tanz regelrecht auf, und auch die anderen Frauen scheinen es zu lieben, ihre Körper derart für jedermann zu präsentieren.

Dass sie zur Wichsvorlage von beinahe jedem im Raum werden, scheint sie nicht zu stören … Und diejenigen, die gleich hier mehr wollen, nehmen sich genau das.

Ich lasse meinen Blick über den Ring schweifen, vorbei an der großen Leinwand, auf der eine schwarzhaarige Schönheit die Aufmerksamkeit auf sich zieht. Der Duft nach frischem Geld, Blut und Schnaps vermischt sich mit dem vermutlich teuren Parfum der Dame neben mir.

»Ihr erster Kampf?«, fragt sie mich plötzlich, sodass ich kurz zusammenzucke. Ich blicke der Frau in den besten Jahren ins Gesicht und erwidere ihr Lächeln gequält.

Falten umkreisen ihre Augen und ihre Mundwinkel. Die Frau ist sicher bereits in den Fünfzigern und doch wirkt sie auf elegante Art und Weise jung geblieben.

»Nein, mein zweiter.« Sie fährt mit ihren warmen, braunen Augen über meinen Ausschnitt und anschließend über mein Outfit. Sie hält sich die Hand schützend vor den Mund, um mir etwas zuzuflüstern.

»Ich hoffe, Sie haben auf Rage gewettet. Er verliert nie.« Zwinkernd wendet sie schließlich den Blick von mir ab, während ich mich auf den Ring konzentriere.

Habe ich das Ganze bis eben noch als Abenteuer empfunden, wird mir jetzt beim Gedanken an den Kampf mulmig zumute. Habe ich etwa Angst um ihn? Scheiße! Das darf nicht sein …

»Kaum zu glauben, aber wahr. Unser legendärer Rachekünstler hat noch nicht genug! Er will mehr … also gibt es heute genau das: Mehr!« Wieder wird der Kampf von dem Mann in dem Zimmer angepriesen.

Die Menge bricht in Geschrei aus, und auch die Frau neben mir klatscht heftigen Beifall. Ich hingegen bleibe starr sitzen und rege mich nicht. So lange, bis sein Name ertönt und sich regelrecht durch die Reihen zieht …

Ich konzentriere mich nur noch auf den Ring und warte, dass er in ihm auftaucht. Es dauert nur wenige Sekunden, bis ich ihn entdecke. Rage trägt erneut diese türkisen Bandagen an seinen Händen, sein Oberkörper ist wieder nackt, sodass ich seine Muskeln miteinander harmonieren sehe. Jede Sehne sitzt an ihm perfekt, das kann niemand abstreiten. Selbst ich nicht.

Rage.

Rage.

Rage.

Bis jetzt habe ich mir über seinen Namen noch keine Gedanken gemacht, doch jetzt frage ich mich, ob eine tiefere Bedeutung dahintersteckt. Wieso er wohl so wütend ist?

Der Kampf beginnt, die Gerüche vermischen sich weiterhin, genau wie die Menschen um mich herum. Denn ich habe nur Augen für ihn …

Anmutig spielt er seinen Konkurrenten aus, versetzt ihm die richtigen Hiebe zur richtigen Zeit. Eines steht fest: Er weiß ganz genau, was er da macht.

Er weiß, wie er sich bewegen muss, wie er seine Kraft bündeln und einsetzen muss. Die Art und Weise, wie er kämpft, fasziniert mich. Ich gerate in einen Strudel aus Ekstase und Faszination. Aus Verlangen und Vorsicht.

Hin und wieder wandert sein Blick zu mir, und obwohl er keine Miene verzieht, könnte ich schwören, dass er gedanklich lächelt. Dass er gegen mich gewettet hat und wirklich dachte, ich würde nicht herkommen.

Allein das hier war es wert, über meinen Schatten zu springen und ihm zu vertrauen. Schließlich hat er mir nicht grundlos zweimal den Arsch gerettet. Ob die Leute bemerken, dass er mich immer wieder ansieht? Ob sie sich etwas dabei denken? Sein Blick gleitet kein einziges Mal nach oben zu den Frauen, die sich für ihn und den Club ins Zeug legen. Er sieht lieber mich an, wenn sein Feind zu Boden geht.

Blut spritzt aus der Lippe des Gegners, verteilt sich wie ein Kunstwerk am Boden. Habe ich gerade seine Blutflecke mit einem Kunstwerk verglichen? Ich stoppe meine Atmung, will diese albernen Gedanken loswerden, schaffe es aber nicht.

Erst der alles verschluckende Jubel reißt mich letztendlich aus meinen Gedanken und ich sehe, dass der Kampf nach einer gefühlten Ewigkeit beendet ist.

Rage' Konkurrent liegt leblos am Boden, während er als Sieger den Ring verlässt und auf mich zusteuert. Doch anstatt bei mir stehen zu bleiben, befiehlt er mir mit seinen Blicken im Vorbeigehen, dass ich ihm folgen soll.

Die Menschenmassen sind immer noch in Ekstase, sodass ich mich unbemerkt aus dem Staub machen kann, um ihm zu folgen. Uns trennen vielleicht zwanzig Schritte voneinander und mein Herz rast beim Gedanken daran, gleich mit ihm zu reden. Vor ihm zu stehen …

Rage dreht sich nicht zu mir um, kontrolliert nicht, ob ich ihm auch wirklich folge. Er geht stur durch den rot beleuchteten Gang und biegt anschließend rechts ab.

Waren die Schreie der Menschen im Saal bis eben noch präsent, werden sie nun in diesem Flur von Stille verschluckt.

Nur die Geräusche meiner Absätze sind noch zu hören. Ich gehe schneller, atme schneller, will schneller bei ihm sein. Doch als ich mich in dem Flur umsehe, fehlt von ihm jede Spur.

Panisch blicke ich mich um, kann ihn aber nirgends entdecken. Der Gedanke, dass ich seine Einladung falsch verstanden haben könnte, keimt in mir auf. Wie konnte ich ihn so schnell aus den Augen verlieren?

»Rage?«, flüstere ich krächzend, weil ich nicht die Aufmerksamkeit anderer Männer auf mich ziehen will. Wirken die anderen Flure im Club allesamt pompös und einladend, ist dieser Bereich eher dunkel und erdrückend.

Mit schweren Schritten gehe ich weiter und bleibe schließlich an einer Tür hängen, die einen Spaltbreit offen steht.

Grinsend trete ich ein, entdecke Rage aber nicht. Alles, was ich sehe, ist ein gemütliches Schlafzimmer. Wo zur Hölle bin ich? Sind das die Räume, in denen die Frauen mit den Freiern …?

Angeekelt schüttle ich den Kopf, kann mich aber nicht dazu überwinden, einfach zu gehen. Das Bett ist ordentlich gemacht, hier drin riecht es nach herbem Männerparfum.

Eine Kommode steht auf der rechten Seite, auf der linken befinden sich zwei weitere Zimmer. Ich gehe zu dem Schrank herüber und fahre mit den Fingerspitzen über das matte Holz, das sich weich an meine Haut schmiegt.

»Du bist tatsächlich gekommen«, ertönt plötzlich seine melodische Stimme in meinem Rücken. Grinsend drehe ich mich um, meine Hand liegt immer noch auf der Kommode.

Rage steht hinter mir an der Wand und beobachtet mich mit starrer Miene. »Wie lange stehst du schon da?«, frage ich ihn neugierig.

»Seit du reingekommen bist.« Auch wenn ich nicht weiß, wieso, die Tatsache, dass er mich beobachtet hat und ich ihn nicht bemerkt habe, macht mich seltsamerweise an. Ich spüre wieder die Feuchtigkeit zwischen meinen Beinen, die ich auch schon beim Training empfunden habe.

»Toller Kampf.« Weil ich nicht weiß, was ich sonst sagen soll, versuche ich, Small Talk zu betreiben. Rage schüttelt den Kopf, stößt sich von der Wand ab und tritt auf mich zu.

»Sicher, dass du über den Kampf reden willst?« Seine Augen ruhen auf mir, während er sich wie ein Tier auf der Jagd an mich heranpirscht. Ich presse meinen Rücken gegen die Kommode und halte den Atem an.

»Deshalb bin ich doch hier, oder?« Dass meine Stimme zittert, bemerkt Rage sofort. Er bleibt vor mir stehen, stützt seine Hände neben mir auf dem Möbelstück ab und nimmt mich somit gefangen. Sein herber Duft hüllt mich ein und ich spüre, dass meine Knie weich werden.

»Ach ja?«, fragt er mich matt. Seine Miene verrät nichts über seine Gefühle und Gedanken. Ich weiß nicht, ob er mich wirklich hier haben will oder nicht.

Rage schiebt seine Hände dichter aneinander, sodass er mich regelrecht einengt und seine Unterarme gegen meine Taille stoßen. Sein Blick gleitet quälend langsam über mein Kleid.

»Du bist aus einem anderen Grund hier, Yuna«, stellt er raunend fest und zieht mich mit seinen starren Blicken regelrecht aus.

»Und aus welchem?«, hake ich nach, weil ich wissen will, worauf er hinauswill. Ob er mich so leicht durchschaut hat.

»Weil du nicht mehr aufhören kannst, an mich zu denken. Weil du wissen willst, wie es sich anfühlt, mich in dir zu haben. Das hast du dir schon vorgestellt, als ich dich das erste Mal gerettet habe. Du hattest keine Angst vor mir.« Er beugt sich vor, sodass sein Atem meine Schläfe trifft.

»Du hattest nur Angst vor der Reaktion deines Körpers. Ich habe es in deinen Augen gesehen ...« Ich will ihm widersprechen, will ihm sagen, dass er falschliegt. Aber wenn ich ehrlich bin, weiß ich nicht, ob das stimmt.

Ich erinnere mich an jene Nacht zurück und versuche, mir über meine Gedanken klar zu werden. Erfolglos. Wenn er mich so intensiv ansieht, kann ich ohnehin nicht klar denken.

»Du wirst nie erfahren, was ich gedacht habe«, ist alles, was ich hervorbringe. Seine Hände umgreifen meine Taille fest und ich lasse ihn gewähren. Je tiefer seine Finger wandern, desto feuchter werde ich.

Als er schließlich unter den Saum meines Kleides greift und es sachte nach oben streift, explodiere ich allein beim Gedanken an seine Berührungen.

Sein Schwanz drängt sich gegen meinen nackten Bauch, während seine Hände unter meinen Slip gleiten. Sobald Rage meine Nässe bemerkt, knurrt er auf.

»Du kannst lügen, Yuna. Aber dein Körper kann das nicht. Du willst mich.« Beinahe ehrfürchtig spricht er diese Tatsache aus.

In diesem Moment ist es mir sogar egal, dass die Tür des Zimmers immer noch offen steht und wir jederzeit gestört werden könnten.

»Dein Körper kann auch nicht lügen«, presse ich hervor und versuche, das Gefühl seiner Hand an meiner intimsten Stelle zu ignorieren. Ohne Erfolg. Außerdem spüre ich, wie das Blut in seinen Schwanz fließt.

»Ich mache kein Geheimnis daraus, dass ich dich ficken will, Yuna Raven«, surrt er und jagt mir damit tausend Schauer über den Körper. Gänsehaut umgibt mich, und als Rage seinen Finger hart in mich schiebt, zucken meine Muskeln heftig zusammen.

»Wieso tust du es dann nicht?«, frage ich ihn erregt, bekomme aber nur schwer einen geraden Satz heraus. Sein Finger, der sich kreisend in mir bewegt und Druck an den richtigen Stellen ausübt, bringt mich um den Verstand. »Weil du wissen sollst, worauf du dich einlässt, wenn du dich mir hingibst.« Seine Antwort soll als Warnung gelten, aber ich ignoriere sie gekonnt. Stattdessen presse ich meine Mitte dichter gegen seine Hand.

Rage scheint diese Einladung zu verstehen und schiebt einen zweiten Finger in mich. Wann wurde ich das letzte Mal so intim berührt?

Ich erinnere mich kaum noch daran. Hier mit Rage frage ich mich, wie ich so lange darauf verzichten konnte ... Wie ich so lange allein für mich leben konnte. Die letzten Höhepunkte, die ich mir selbst beschert habe, kommen an das hier nicht ansatzweise heran.

»Rage, bitte«, wispere ich. Meine Stimme verwandelt sich in ein Stöhnen, als er einen dritten Finger in mich schiebt und mich mit dem richtigen Druck massiert.

»Was, Yuna? Was soll ich tun?«, fragt er mich und ein dunkles Lachen überrollt seine Stimme. Ich liebe dieses gefährliche Lachen ... Es ist trotz der Dunkelheit so rein. So klar.

»Küss mich«, flehe ich ihn an, weil ich ihn schmecken will. Doch Rage scheint meine Bitte falsch zu verstehen, denn anstatt seine Lippen auf meine zu legen, kniet er sich vor mich.

Seine Finger gleiten langsam aus meiner Mitte und Sekunden später trifft sein warmer Atem auf meinen Kitzler.

Seine geschickte Zunge drängt sich zwischen meine Lippen und ich kralle mich in seinem Haar fest. Dass er immer noch vom Kampf schweißgebadet ist, stört mich nicht. Alles, was ich will, ist seine Zunge auf meinem Körper.

Ich presse ihm meine Mitte dichter entgegen, drücke meinen Rücken durch und lege den Kopf stöhnend in den Nacken. Als ich herkam, verspürte ich Angst und Aufregung.

Die Angst ist mittlerweile gewichen und wurde durch Verlangen ersetzt. Hätten die Männer mich wieder einsperren wollen, hätten sie es getan, da bin ich mir sicher. Ich sollte so nicht empfinden und doch glaube ich, dass mir hier nichts mehr passieren kann.

»Gott, du schmeckst so gut«, murmelt er dicht an meiner Haut. Sein Atem kitzelt mich an meinen Oberschenkeln, seine Hände greifen besitzergreifend unter meinen Hintern. Ich halte meine Augen derweil geschlossen, gleite dem Höhepunkt mit jeder Berührung näher.

»Ich will, dass du für mich kommst«, knurrt er an meiner Scham und bringt mich damit beinahe zum Zerbersten. Ich kralle mich jetzt im Holz der Kommode fest, grabe meine Nägel tief hinein und spüre den Höhepunkt mit voller Wucht auf mich zukommen.

Bevor ich über ihm erzittern kann, wird die Tür des Zimmers aufgerissen und der Mann, der mich vorne empfangen hat, tritt ein.

Sein Blick gleitet erst zu meinem lustvoll verzogenen Gesicht und anschließend zu Rage, der vor mir kniet und mich mit seinem Mund verwöhnt, wie ich noch nie verwöhnt wurde.

»Rage, es tut mir echt leid, dass ich dich unterbrechen muss, aber der Boss will dich sehen. Jetzt.« Der Kerl liebt es, uns zu beobachten, das ist nicht zu übersehen. Rage löst sich widerwillig von mir, zerrt mein Kleid herunter und steht auf. Ohne ihn anzusehen, antwortet er ihm.

»Schlechtes Timing, Marius«, giftet er den Kerl an und lässt mich dabei nicht aus den Augen. Seine Iriden brennen sich förmlich in die meinen. Obwohl es im Raum dunkel ist, kann ich durch den Lichteinfall des Flurs die Marmorierung seiner Augen sehen.

»Nicht zu übersehen, aber der Boss will dich wirklich sehen. Heb dir die Kleine für ein anderes Mal auf und komm.« Mit diesen Worten verschwindet der Kerl aus dem Zimmer und wir bleiben allein zurück.

Rage legt seine Hand an meine Wange und presst seine Lippen auf meine. Sobald seine Zunge in meinen Mund gleitet, schmecke ich mich selbst und presse die Beine eng aneinander.

»Merk dir den Geschmack, Yuna.« Unsere Zungen führen einen Tanz aus, der mich noch willenloser macht. »Und jetzt geh nach Hause«, befiehlt er mir anschließend knapp. Ich sehe ihn verdutzt an, kann nicht glauben, dass er das ernst meint. Er kann mich doch nicht so nach Hause schicken!

»Ich soll gehen … so?« Vorwurfsvoll sehe ich ihn an und kassiere ein Lächeln von ihm.

»So weiß ich wenigstens, dass du an mich denkst, wenn du es dir nachher in deinem Bett selbst besorgst.« Mit diesen Worten lässt er von mir ab und nur durch den Halt der Kommode gleite ich nicht zu Boden.

Meine Knie zittern, mein Herz donnert und mein Mund steht offen. Ich will etwas sagen, aber ehe ich michs versehe, ist Rage bereits verschwunden. Und alles, was zurückbleibt, ist sein Duft, der in der Luft hängt. Neben dem Geschmack auf meiner Zunge.

GEISTER *sterben nie*

»Was zur Hölle ist so wichtig?« Wütend stapfe ich in Victors Büro und baue mich vor seinem Schreibtisch auf. Er sitzt auf seinem Stuhl, Alice sitzt auf seinem Schoß und knabbert an seinem Ohrläppchen.

»Danke, Marius. Haben wir dich bei etwas gestört, Rage?« Sein teuflisches Lachen macht mich wütend. Noch jetzt kann ich Yuna auf meiner Zunge schmecken … Fuck.

Wie soll ich heute einschlafen können? Ich könnte Kiki in mein Zimmer bitten, aber wenn ich ehrlich bin, vergeht mir die Lust beim Gedanken daran, Yuna durch Kiki zu ersetzen.

»Er hat gerade die unschuldige Tochter von Francis geleckt, also ja«, antwortet Marius an meiner Stelle. Knurrend bringe ich ihn zum Schweigen.

»Rage …« Victor schubst Alice von seinem Schoß und scheucht sie weg, sodass sie beinahe auf dem nackten Arsch landet.

»Es war dumm von dir, sie zu deinem Kampf einzuladen. Wer sagt dir denn, dass ich die Finger von ihr lassen werde?«, fragt er mich und sieht mich interessiert an.

»Du willst mich nicht verlieren, also wirst du sie nicht anfassen.« Es ist eine Feststellung und sein Blick sollte als Antwort genügen. Ich habe recht.

»Und wer versichert dir, dass die Männer das genauso sehen? Das Publikum liebt den kleinen Raben, Rage. Wenn sie allein durch den Club geht, könnte es Männer geben, die nicht wissen, dass sie unter deinem Schutz steht.«

Ich weiß, dass er mich auf die Palme bringen will, aber das lasse ich nicht zu. Er darf mich nicht in der Hand haben, immerhin bin ich es, der am längeren Hebel sitzt.

»Sollte sie einer anfassen, wird er sterben«, antworte ich ihm gleichgültig. Victor deutet auf den Platz ihm gegenüber, aber ich denke nicht einmal daran, mich zu setzen.

Dass ich Yuna gehen lassen musste, ist schlimm genug. Auf keinen Fall konnte ich sie allein in der Wohnung lassen, der Erstbeste hätte sich an ihr vergangen, da bin ich mir sicher.

Victor hat recht: Solange die Besucher nicht wissen, dass sie unter meinem Schutz steht, wird es immer wieder Männer geben, die sie besitzen wollen. Verübeln kann ich es keinem, schließlich bringt mich die Kleine ebenfalls um den Verstand. Das hat sie schon vor vier

Jahren. »Hast du mich nur hergebeten, um mich vollzulabern?«, frage ich gereizt und spüre, dass mein Schwanz beim Anblick seiner Visage erschlafft.

Alice, die jetzt hinter Victor steht, wirft mir eindeutige Blicke zu, die ich gekonnt ignoriere. Ich will sie nicht. Ich will in diesem Moment nur eines ...

»Nein, es geht um Darryl.« Bis eben war ich noch entspannt, doch jetzt spüre ich, dass mein Magen rebelliert. Allein dieser Name sorgt in mir für einen Tornado.

»Darryl«, knurre ich. Er gehört zu den kaltherzigsten Mafiosi des Landes und hat überall seine dreckigen Finger im Spiel. Selbst in unserem Club.

»Alice, Schatz?« Victor bittet seine Schlampe, zurück auf seinen Schoß zu krabbeln. Sie tut es, ohne zu zögern, und platziert ihren nackten Arsch auf seinem Schritt.

Victor hebt sie an den Hüften hoch, sodass sie mit Leichtigkeit zwischen seine Beine greifen und seinen Schwanz befreien kann.

Ich blicke starr auf Victors Gesicht, während Alice sich auf seinen Schwanz gleiten lässt. Stöhnend fickt sie ihn vor meinen Augen und leckt sich lasziv über die Lippen.

Victor fährt derweil mit dem Gespräch fort, als würde er nicht gerade in ihrer Fotze stecken. Es ekelt mich jedes Mal an, ihm dabei zusehen zu müssen.

»Was will Darryl, verdammt?«, donnere ich und schlage mit meiner Faust auf den Tisch. Victor verzieht keine Miene, seine Hände fahren über Alice' Titten, was sie zum Stöhnen bringt.

»Er will kooperieren«, erklärt er mir grinsend.

»Kooperieren? Was meinst du damit? Ich kooperiere nicht mit ihm«, schlage ich ihm die Dollarzeichen gleich wieder aus dem Kopf. Reicht es ihm nicht, dass er durch meine Hand reich wird?

»Na ja. Er will wieder in unserem Club mitmischen. Er hat einen Gegner für dich, der, sagen wir, ... einen ähnlichen Ruf mit sich bringt wie du. Er ist ungeschlagen. Darryl will, dass ihr gegeneinander antretet. Dabei springt viel Geld für uns raus.«

Marius steht derweil immer noch hinter mir und genießt den Porno vor unseren Augen aus der zweiten Reihe. Im Vergleich zu mir macht es ihn geil, dem Fick zuzusehen.

»Das Geld geht mir am Arsch vorbei.« Und es stimmt. Es interessiert mich nicht. Ich mache das hier nicht des Geldes wegen.

»Dann sieh es als Chance an. Darryl hat dir etwas genommen, sonst wärst du nicht hier. Oder erinnerst du dich nicht mehr an den Ausdruck ihrer toten Augen? Wie hieß sie noch gleich? Amanda?«

Seine Augen blitzen verräterisch auf, während sich mein Herz in der Brust verkrampft. Ich erinnere mich an den Tag, als wäre es gestern gewesen ... an ihre blauen Augen, die mich leblos anstarrten.

Ihre Lippen waren schmerzvoll verzerrt, als hätte sie in letzter Sekunde um Hilfe schreien wollen. Als hätte sie meinen Namen geschrien.

»Sie hieß Amy«, korrigiere ich ihn und spüre, dass die Adern an meinem Hals vor Wut hervortreten. Wenn ich könnte, würde ich ihm gern das Genick brechen. Ein gezielter Schlag mit dem Ellbogen und er könnte nie wieder lachen!

»Amy … die arme Amy. Du willst diese Rache doch auch, Rage. Du lechzt förmlich danach, hab ich recht?« Und wie er recht hat …

Das Klatschen von Alice' Arsch auf seinem Schritt lenkt mich vom Wesentlichen ab. Ich weiß, was Victor vorhat … er will meine Wut hervorkitzeln.

»Ich will ihn tot sehen.« Das will ich schon, seit er sie auf dem Gewissen hat. Aber es ist beinahe unmöglich, an ihn heranzukommen. Er hat immer seine Handlanger bei sich, ist nahezu unantastbar.

»Du wirst ihn nicht töten können, Rage. Aber du könntest ihn ziemlich wütend machen, wenn du seinen besten Mann schlägst«, säuselt mein Boss.

Man bemerkt anhand seiner Stimme nicht, dass er gerade gefickt wird. Alice' Brüste wippen auf und ab, obwohl sie voll mit Silikon sind.

Ihre Nippel sind steif und sie lässt mich nicht aus den Augen, während sie ihn fickt. Wer kann es ihr verübeln … Victor ist nicht sonderlich attraktiv. Er hat Geld. Das ist alles. Geld und Kontakte. In Gedanken stellt sie sich vor, dass sie meinen Schwanz reitet und nicht seinen. Doch das stört ihn nicht, solange er zum Schuss kommt. »Sag ihm, dass ich es mir überlege.« In dem Moment, in dem ich beschließe, dass ich gehen will, kommt Alice schreiend. Victor folgt ihr, zieht sich aus ihr heraus und spritzt ihr auf den Arsch.

Angewidert lasse ich sie zurück, schubse Marius aus dem Weg und verlasse Victors Büro. Nur noch gedämpft verfolgt mich Victors Stimme. »Denk an deine Schwester, Rage. Denk an Amy.«

***

Seit dem letzten Kampf sind drei Tage vergangen. Drei Tage, in denen ich mit meinen Emotionen kämpfe …
Einerseits will ich Darryls Köter die Fresse polieren. Andererseits will ich es nicht. Weil ich allein beim Gedanken an seine Fresse kotzen könnte.

»Woran denkst du?« Es ist Yuna, die mich aus meinen Gedanken reißt. Sie ist seit diesem Abend zum zweiten Mal hier im Club, um sich von mir trainieren zu lassen.

Ich brauche ein Ventil für meine Wut und Sport ist das beste. In Kombination mit dieser Frau eine explosive Mischung.

Sie trägt einen Sport-BH und kurze Shorts, tänzelt vor meiner Nase auf und ab. Doch ich kann den Gedanken an Amy einfach nicht verdrängen.

»An nichts Bestimmtes«, lüge ich sie an. Seit jener Nacht in meiner Wohnung waren wir uns nicht mehr so nah. Ich mache sie verrückt, das sehe ich ihr an.

Aber ich berühre sie nicht mehr. Nicht so wie an diesem Abend. Ein Teil in mir will sie zappeln lassen, will sie quälen ... Diese sadistische Ader hatte ich schon immer in mir.

Wenn sie mich ansieht, fleht mich ihr Blick regelrecht an, sie anzufassen. Ihr Körper spricht ebenfalls seine eigene Sprache. Yuna landet einen Schlag gegen meine Brust, den ich ohne Weiteres zulasse.

»So macht das Training keinen Spaß«, murmelt sie enttäuscht und lässt die Arme sinken. Stirnrunzelnd sieht sie mich an.

»Wir sollten für heute Schluss machen«, beschließe ich und greife mir ein Handtuch, mit dem ich mir den Schweiß von der Stirn wische.

Yuna wird mit jedem Training besser. Sie wird schneller, ausdauernder und geschickter. Es gefällt mir, dass sie sich so ins Zeug legt ... Ihr Blick wandert von mir weg und hin zu den Trainingsstangen der anderen Frauen.

»Darf ich mal?«, fragt sie mich mit leuchtenden Augen. In diesem Moment wirkt sie wie ein kleines Mädchen in Disneyland und nicht wie eine erwachsene Frau. Ich nicke, antworte aber nicht. Während sie aus dem Ring steigt und zur Stange herübergeht, streift sie sich die Turnschuhe von den Füßen und kickt sie zur

Seite. Mein Blick haftet an ihrem perfekt geformten Hintern, der durch die wenigen Trainingsstunden bereits fester wirkt.

Ich setze mich derweil an den Rand des Ringes und sehe ihr zu. Sie wirft einen Blick über ihre Schulter und selbst aus der Entfernung kann ich sehen, dass ihr Atem stockt, weil ich sie beobachte.

Sie fährt mit ihren Händen über die Stange, bevor sie die ersten Figuren macht. Ich wusste nicht, dass sie das Pole Dancing beherrscht, doch als sie sich kopfüber an die Stange hängt, stockt auch mein Atem.

Ihr graziler Körper bewegt sich anmutig, durch ihre Körperspannung sitzt jede Bewegung ihrerseits perfekt. Sie spreizt ihre Beine, gleitet regelrecht um die Stange herum, als würde sie schweben. Fuck, wieso kann sie das so gut?

Alles in allem ist das hier das Erotischste, was ich je gesehen habe. Kiki hat oft für mich getanzt, aber Yuna scheint in einer anderen Liga zu spielen.

Sie hält die Augen geschlossen, während sie in eine andere Welt abtaucht. Fast wirkt es, als hätte sie meine Anwesenheit vergessen. Sie tanzt, als wäre sie allein. Sie bewegt sich, als würde sie niemand beobachten. Und sie sieht glücklich dabei aus.

Jeder Muskel sitzt an der richtigen Stelle, und als sie ein weiteres Mal ihre Beine spreizt und ihre Kurven zu der Musik in ihrem Kopf bewegt, werde ich hart.

Blut sammelt sich zwischen meinen Beinen und mein Ständer sticht deutlich unter dem Stoff meiner Trainingshose hervor.

Die Art und Weise, wie sie mit der Stange eins wird, bringt mich um den Verstand. Wenn ich die Frauen auf den Podesten ansehe, passiert nichts in mir. Ich sehe ihnen einfach nur zu.

Vielleicht ist es bei Yuna anders, weil man sieht, dass sie fürs Tanzen lebt. Weil sie es nicht macht, um anderen zu gefallen, sondern sich selbst. Selten habe ich eine Frau gesehen, die so mit sich im Reinen ist wie sie. Die Stange macht sie selbstbewusst, stark.

Während Yuna weiter an der Stange tanzt, springe ich vom Rand des Ringes herunter und gehe zu ihr herüber. Als sie mich bemerkt, gleitet sie elegant zu Boden.

Wortlos reiße ich sie an mich, nur, um sie danach zurück gegen die Stange zu drücken. Sie keucht, als sie das kühle Material in ihrem Rücken spürt. Sie fragt nicht, was ich von ihr verlange, und auch ich bleibe stumm.

Mit einem Handgriff habe ich ihr den BH ausgezogen, sodass ihre nackte Brust zum Vorschein kommt. Ich warte nicht auf ihre Erlaubnis, stattdessen beuge ich mich vor und umschließe ihren Nippel mit meinem Mund. Yuna krallt sich in meiner nackten Brust fest. »Die letzten Tage waren eine Qual«, verrät sie mir seufzend, während ich an ihrer Brust lächle. Eine Gänsehaut breitet sich auf ihrem Körper aus und geht auf meinen über. Nicht nur für sie waren diese Tage eine Qual. Auch ich musste mich Nacht für Nacht erleichtern, um einschlafen zu können.

»Sag mir, hast du an mich gedacht, als du gekommen bist?«, will ich raunend von ihr wissen, löse mich von ihrem Nippel und greife stattdessen nach ihrer Hose, die ich ihr abstreife. Ich blicke ihr ins Gesicht und sehe, dass sie mit dem Kopf schüttelt.

»Wieso nicht?« Es kränkt mich nicht, ich bin einfach nur neugierig. Will wissen, an was oder wen sie sonst gedacht hat, als sie in ihrem Bett lag und es sich selbst besorgt hat.

»An niemanden. Ich bin nicht gekommen«, verrät sie mir. Verlangen keimt in mir auf, als ich mich vor ihr aufbaue und ihre Handgelenke ergreife. Sachte positioniere ich sie über ihrem Kopf.

»Wieso nicht? Was hat dich daran gehindert?« Dass sie an diesem Abend ohne Orgasmus einschlafen konnte, zeigt mir, dass sie willensstärker ist, als ich vermutet hatte. Yuna lächelt mich lasziv an.

»Ich wollte nicht beenden, was du angefangen hast.« Ihre Erklärung sorgt dafür, dass ich noch härter werde. Beinahe schmerzhaft drückt sich mein Schwanz gegen meine Shorts. Ich deute auf ihre Hände, die über ihrem Kopf die Stange fest umklammern.

»Kannst du dich so halten?«, frage ich sie rau. Als Antwort nickt sie schwer und schließt die Augen. Ich nehme ihr Nicken als Einladung, lege meine Hände unter ihren Po und hebe sie hoch.

Sie wiegt nicht viel, und da sie sich mit eigener Kraft oben hält, fällt es mir leicht, sie zu halten. Ihre Oberschenkel platziere ich auf meinen Schultern, sodass mich nur noch eine Handbreit von ihrer nassen Mitte trennt.

»Was meinst du, Yuna? Soll ich es beenden?« Als meine Worte auf ihre empfindliche Stelle treffen, zuckt sie zurück.

»Ja«, haucht sie als Antwort. Das lasse ich mir nicht zweimal sagen, also kralle ich mich in ihrem Fleisch fest und senke meinen Mund auf ihren Kitzler.

Hart fahre ich mit meiner Zunge durch ihre Schamlippen und lasse ihren Geschmack auf meiner Zunge zergehen. Sie windet sich unter mir, weil sie meine Berührungen um den Verstand bringen.

Aufgrund der Stange in ihrem Rücken ist ihre Bewegungsfreiheit drastisch eingeschränkt, sodass sie dabei mit ihrem Kitzler erneut gegen meinen Mund stößt.

Ich kann spüren, dass sie von Sekunde zu Sekunde feuchter wird, und als ich meine Zunge schließlich in sie schiebe, stöhnt sie heiser auf.

»Bitte lass mich kommen, Rage.« Ihre Art und Weise, meinen Namen zu betonen, macht mich noch entschlossener. Ich dringe in sie ein, ziehe mich zurück, wieder und wieder. Wiederhole diese Prozedur so langsam, dass sich ihr Stöhnen ebenfalls in die Länge zieht.

»Oh, Rage«, wispert sie. Ich blicke zu ihr hoch, kann sehen, dass ihre Arme vor Anstrengung bereits zittern. Und doch sagt mir ihr Gesichtsausdruck, dass sie das hier genießt.

Ihre Wangen sind rosa, ihr Mund steht offen, mein Name liegt auf ihren Lippen. Sie braucht nicht lange, vermutlich hat sie diese Geilheit die letzten Tage begleitet.

Ein letztes Mal fahre ich mit meiner Zunge durch ihre Spalte, sodass Yuna Sekunden später zitternd kommt. Ich lasse ihr einen Moment der Ekstase, bevor ich ihre Schenkel von meinen Schultern nehme und sie an der Stange nach unten rutschen lasse.

Als sie ihre Arme um mich schlingt, ihren nackten, verschwitzten Körper an meinen drückt, öffnet sie ihre Lider und sieht mich an.

Mit diesem Ausdruck in ihren grauen Augen ... Ich kann nicht sagen, was er in mir bewirkt, nur, dass er mein Untergang sein wird, wenn ich nicht vorsichtig bin ... Yuna Raven ist mein Spiel mit dem Feuer. Und ich kann es gar nicht erwarten, mich an ihr zu verbrennen.

UND SEINE AUGEN
sehen nur mich

»Yuna?« Ertappt lasse ich mein Handy in meine Handtasche plumpsen und sehe Maggy schuldig an. Sie hasst es, wenn ich am Smartphone klebe und wir unterwegs sind.

Bis jetzt weiß sie von Rage und meinen Gängen zum Club nichts, aber bald werde ich sie einweihen müssen. Jeden Tag stellt sie mir heimtückischere Fragen, die ich langsam nicht mehr beantworten kann.

»Hast du mir zugehört?« Sie hebt anklagend ihre Brauen und ich schüttle schuldig den Kopf.

»Mrs. Smith macht sich Sorgen, weil du nicht mehr ins Studio kommst. Klar, sie wollte, dass du den Fokus deines Trainings auf Cardio legst, aber du solltest das Tanzen nicht schleifen lassen. Sie glaubt, sie hätte dich verschreckt.«

Es fällt mir schwer, ihr nicht die Wahrheit zu sagen. Dass ich sehr wohl an der Stange bin. Für ihn. Während er mir zusieht … Erstaunlicherweise fällt mir das Training leichter, wenn er am Rand des Rings sitzt und

135

mich beobachtet. Beim Gedanken an das, was wir schon an dieser Stange getrieben haben, werde ich rot und muss mich räuspern.

»Sag ihr, dass ich nächste Woche wieder ins Studio komme, okay?« Wir sind in der Stadt unterwegs, durchforsten die Boutiquen nach neuen Klamotten und ziehen dieses alberne Mädchending strikt durch. Dabei brennt es mir unter den Nägeln, auf mein Handy zu sehen.

»Es liegt an einem Kerl, oder? An dem Kerl, mit dem du in dem Club warst«, zählt sie eins und eins zusammen. »Ich weiß nicht, wieso, aber ich mag den Kerl nicht. Er verändert dich ... und das kann gefährlich für dich werden, Yuna. Das müsstest du doch am besten wissen«, tadelt sie mich, aber ich lasse mich nicht von ihr einschüchtern. Wenn sie nur wüsste, wie gefährlich Rage wirklich ist.

»Ich kann dir noch nicht zu viel verraten, Maggy. Es tut mir leid, aber ich kann dir versichern, dass es mir gut geht und dass er auf mich aufpasst. Du weißt, wie mein Vater drauf ist ... er würde mich, ohne zu zögern, einsperren und mit sich nehmen.«

Ich gewähre ihr einen kleinen Einblick in meine Dämonen, verrate dabei aber nicht zu viel. Als würde ich die Tür einen Spalt öffnen, aber nicht aufstoßen.

»Ich hoffe, du weißt, was du machst.« Sie entdeckt ein süßes Top im Schaufenster eines kleinen Ladens, sodass ich ihre Ablenkung ausnutze und auf mein Handy sehe. Grinsend öffne ich seine Nachricht.

Rage: Komm heute Abend in den Club.

Lächelnd tippe ich ein Okay ein, sende es ihm, verstaue das Handy in der Tasche und konzentriere mich den Rest des Tages auf meine Freundin, damit sie keinen Verdacht schöpft und ich mich abends aus der Wohnung schleichen kann.

***

Es ist das siebte Mal, dass ich den Club betrete. Sieben Mal. Sieben Mal auf andere Art und Weise. Mit anderen Gefühlen in mir.

Das erste Mal wurde ich erst im Club wach, nackt. Auf einem Bett. In einem Zimmer, in dem die Frauen schon unzählige Freier empfangen haben. Ein befleckter Raum … Und auch als Rage mich bat, wiederzukommen, hatte ich Angst. Wer konnte es mir verübeln?

Jetzt weiß ich, dass mir hier keine Gefahr droht. Hin und wieder versuchen es Männer, mich in die Enge zu treiben. Doch jedes Mal lassen sie von mir ab, wenn Rage auf der Bildfläche auftaucht.

Als ich an diesem Abend die Tür aufstoße und Marius ins Gesicht sehe, stellt sein schleimiges Lächeln nichts mit mir an. Ich ignoriere es einfach. Und ich fühle mich nicht unwohl beim Gedanken, hier zu sein.

Sobald ich mit meinen High Heels den Flur betrete, gehen die Bässe auf meinen Körper über. An diesem Abend findet kein Kampf statt. Zur Abwechslung geht es in dieser Nacht nur um eines: Spaß.

Frauen und Männer, die im Saal zur Musik tanzen, die Gläser erheben und anstoßen. An die Männer, die sich danach eine der Frauen aussuchen, denke ich nicht.

»Da ist der kleine Rabe ja wieder. Hast du uns vermisst?« Marius stellt sich mir in den Weg, sodass ich gegen seine Brust stolpere.

Und ich zucke nicht einmal zurück, als er seine Hände auf meine Schultern legt und mein Outfit mustert. Ich trage heute einen schwarzen Rock, der mir bis zu den Knien reicht, und ein eher verschlossenes Top. Ich weiß, dass es Rage verrückt machen wird …

»Soll ich ehrlich sein?«, frage ich ihn geradewegs, was ihm ein zufriedenes Grinsen entlockt. »Nein.« Ohne weiter auf seine Sprüche einzugehen, dränge ich mich an ihm vorbei und mache mich auf den Weg in den Saal.

Die Bässe werden lauter, die Luft feuchter, der Geruch intensiver. Und seltsamerweise fühle ich mich gut dabei, den Saal zu betreten.

Der Ring wurde zur Tanzfläche umfunktioniert, sodass ich beim Eintreten als Erstes auf die halb nackten Frauen treffe, die sich im Ring zur Musik räkeln. Männer stehen am Rand, pfeifen, rufen, beobachten das Spiel mit glühenden Augen und

Erektionen in den Hosen. Weil Rage mir nicht gesagt hat, wo er mich erwartet, gehe ich weiter, tiefer ins Nachtleben. Vorbei an schwitzenden und tanzenden Menschen. Ich blende alles aus, nur die blinkenden Lichter am Himmel interessieren mich noch.

Wie sie von Blau ins Rot und anschließend ins Silberne übergehen ... Auch wenn ich mich bis jetzt in diesem Saal nie fallen lassen konnte, bewegen sich meine Hüften automatisch schwingender.

Ich bleibe vor dem Ring stehen und schaue an die Decke, während mich die Bässe innerlich massieren. Mein Blick wandert zurück zu der Hauptattraktion des Abends.

Nackte Haut, wenig Stoff, lange Beine, in Szene gesetzte Brüste. In der Mitte tanzt Kiki und meine Augen verweilen einen Moment auf ihrer schmalen Silhouette. Beinahe falle ich in Trance, kann meine Augen nicht von ihr und ihrer Erscheinung lassen.

Sie trägt einen knappen Slip, der in demselben Rot erstrahlt wie ihr BH, der kaum die nötigsten Stellen bedeckt. Sie liebt es, dass die Blicke auf ihr ruhen ... dass sie die anderen in den Schatten stellt. Festgewurzelt stehe ich hier und beobachte ihre Show.

Nur mein Handy reißt mich aus dem Bann der Schönheit heraus, sodass ich einen flüchtigen Blick auf das Display werfe.

Rage: Gefällt dir, was du siehst?

Ich blicke mich erschrocken um, kann Rage in der Menge aber nicht entdecken. Er beobachtet mich … er sieht mich. Und plötzlich ist meine Coolness vorüber. An dessen Stelle steht jetzt ein polterndes Herz in meiner Brust.

Yuna: Sie sieht toll aus. Alle Augen liegen auf ihr.

Ich beiße mir auf die Unterlippe, während ich auf seine Antwort warte. Derweil ist der Ring für mich in Vergessenheit geraten. Alles, was ich wissen will, ist, wo er ist. Von welchem Punkt aus er mich beobachtet. Das Vibrieren des Handys lässt mein Herz kurzzeitig aussetzen.

Rage: Meine Augen liegen auf dir.

Und in diesem Moment zerspringt es vor Glück in tausend einzelne Stücke, die sich passend zum Beat auf dem Boden verteilen wie glitzernde Scherben.

Yuna: Wo bist du?

Einen quälend langen Moment lässt Rage mich zappeln, ohne mir seinen Standpunkt zu verraten. Ein weiteres Mal blicke ich mich um, entdecke aber nur die üblichen Verdächtigen, die sich eben schon dort getummelt haben.

Rage: Sieh nach oben.

Mein Blick schnellt förmlich in die Höhe. Ich sehe an die Decke, vorbei an den Podesten, die heute leer sind, weil die Mädchen den Ring für sich beanspruchen.

Bis meine Augen zum ersten Podest tanzen … Rage. Er sitzt auf dem Podest, das Handy in der Hand und sieht mich grinsend an. Sein Strahlen erhellt den Raum. Für mich.

Kein anderer scheint ihn zu bemerken … als wären wir dadurch enger miteinander verbunden. Ich warte nicht ab, was er als Nächstes tut, ich stopfe mein Handy in die Tasche und renne los. So schnell es meine hohen Absätze zulassen …

Da ich den Weg bis zu den Podesten kenne, dauert es nicht lange, bis ich in der oberen Etage ankomme und auf die schmalen Bretter trete. Ich überquere die Balken, ohne einmal nach unten zu sehen.

Als ich vor dem Podest stehe, auf dem ich vor einigen Nächten tanzen musste, ist es leer. Es bewegt sich sachte von links nach rechts. Die Bewegungen zeigen mir, dass er wirklich hier war. Aber jetzt ist Rage verschwunden.

»Komm mit«, raunt er mir plötzlich von hinten ins Ohr. Er greift nach meiner Hand und zieht mich mit sich. So leicht, als wären wir nicht ungesichert etliche

Meter über dem Boden. Es fühlt sich an, als würden wir über der Party schweben.

»Wohin willst du?«, frage ich ihn lachend. Rage hält sich einen Finger vor die Lippen, um sie zu versiegeln und zwinkert mir zu.

Er hat die Fähigkeit, sich innerhalb weniger Sekunden zu verändern. In einem Moment ist er der harte, rachsüchtige Kämpfer, dem kein Mittel zu brutal ist. Hier – mit ihm über allen anderen – ist er anders. Nicht weich, nicht romantisch. Sondern einfach nur … anders. Aufregend.

Ich folge ihm polternd, bis wir eine geheime Tür am Rand erreichen. Er stößt sie auf, legt seine Hand in meinen Rücken und lässt mir den Vortritt.

Unsicher gehe ich in die Dunkelheit und entdecke eine steile Leiter, die nach oben ins Nichts führt. Doch ich zweifle nicht … also steige ich Sekunden später bereits die Stufen hinauf.

Als ich am Ende der Leiter ankomme und mich aus dem engen Tunnel befreien kann, stockt mir der Atem. Einen Moment lang verharre ich, kann nicht sprechen, nicht atmen. Selbst sein Atem an meinem Rücken holt mich nicht aus meiner Starre.

»Gefällt es dir?«, will er leise wissen. Mein Blick wandert nach vorn, vorbei an dem grellen Mond, der die Nacht erhellt und ein warmes Licht auf die Dächer der Stadt wirft. Wir stehen auf dem Dach des Clubs, vor uns die Stadt. Sie liegt uns zu Füßen, hier oben gibt es nur noch die Skyline und uns. Zig Sterne tanzen am

Himmel und seine Nähe in meinem Rücken lässt mich erzittern. »Es ist … wow«, wispere ich und kann meinen Blick nicht von der ungeraden Linie lassen, die den Himmel von der Stadt abgrenzt.

»Dir scheint es unten gefallen zu haben. Also wenn du wieder zurückwillst-« Ich drehe mich zu Rage um und sehe ihn ungläubig an.

»Spinnst du? Es ist wunderschön hier!« Ich will nicht wie ein kleines Kind klingen, kann es aber nicht verhindern. Viel zu euphorisch macht mich die Luft hier oben.

»Gut«, antwortet er knapp, zieht mich an sich und küsst mich. Wir küssen uns oft. Nach jedem Training. Während des Trainings.

Wir kennen einander kaum und doch verbindet es uns auf seltsame Art und Weise, miteinander zu trainieren. Bei ihm fühle ich mich sicher … obwohl Rage der Inbegriff von Risiko ist.

Unsere Zungen verschmelzen miteinander, als er mich noch dichter an sich zieht, mich hochhebt und weg von der Leiter trägt. Derweil schließe ich die Augen und genieße seinen Geschmack, der sich auf meiner Zunge ausbreitet wie ein Film.

Bevor ich mich an seinen Mund auf meinem gewöhnen kann, hat Rage mich auf etwas Weichem abgelegt. Ich blicke mich um und entdecke eine rote Decke, die auf dem Dach ausgebreitet ist.

»Liegt die immer hier?«, will ich schmunzelnd wissen. Rage beugt sich über mich, seine Hände liegen neben meinem Kopf. Er trägt ein eng anliegendes, schwarzes Shirt, das jeden Muskel an ihm perfekt betont. Ein Blick zu seinen Jeans zeigt mir, dass er hart ist.

»Was denkst du?«, kontert er mit einer Gegenfrage. Doch bevor ich antworten kann, liegen seine Lippen wieder auf meinen. Die Bässe vom Club benebeln uns gedämpft, sein Duft hüllt mich ein.

Seufzend kralle ich mich in seinen muskulösen Armen fest und stöhne in seine Mundhöhle. Wir küssen uns. Auf dem Dach. Vor uns die ganze Stadt. Dachte ich eben noch, dass Rage unromantisch ist? Ich nehme alles zurück!

Seine Hände wandern unter mein Top, das er mir in einer flüssigen Bewegung abstreift. Mein BH folgt schnell. Sobald die Nachtluft auf meine nackten Brüste trifft, werden meine Brustwarzen hart.

Rage sieht das als Einladung und umschließt sie mit seinem warmen Mund. Ich biege den Rücken durch, lege den Kopf in den Nacken und kralle mich jetzt in der Decke am Boden fest.

Seine Hände wandern zum Saum meines Rockes, und als er hoch zu meinem Slip fährt, winde ich mich stöhnend unter ihm. Mit einer langsamen Bewegung hat er mir den Slip ausgezogen und achtlos neben sich geworfen. Seine Hände umgreifen unter dem Rock meinen Po, und als er den Druck seiner Zunge auf meine Nippel verstärkt, kann ich mich nicht länger zurückhalten …

144

»Schlaf mit mir«, krächze ich. Rage erstarrt in seinen Berührungen, lässt das Ganze aber unkommentiert. Ich schlage die Lider flatternd auf und sehe ihm dabei zu, wie er seinen Gürtel öffnet und die Jeans abstreift.

Dabei lässt er mich in keiner Sekunde aus den Augen … Selten hat es mich so angemacht, angesehen zu werden. So brennend. So intensiv.

Ich greife zitternd nach seinem Shirt, das ich ihm über dem Kopf ausziehe und hinter mich werfe. Seine Brustmuskeln zucken, als ich sie mit meinen Fingern umkreise. Vorbei an seinem Sixpack, hinab zu der Härte, die sich unter seinen Shorts abzeichnet.

Ehe ich michs versehe, hat Rage meine Hände weggerissen und hart neben meinem Kopf platziert. Und auch wenn ich nicht festgebunden bin, kann ich meine Hände nicht mehr bewegen. Weil ich weiß, dass er sie dort haben will.

Rage befreit seinen Schwanz und mein Blick haftet an ihm fest. Er ist größer, als ich es gewohnt bin. Ich atme tief ein und fahre mit den Augen die Adern nach, die ihn überziehen.

Während ich mir auf die Unterlippe beiße, um ein Stöhnen zu verhindern, streift Rage sich einen Schutz über.

Er sieht mir starr in die Augen, als er meinen Rock mit einem Ruck nach oben zieht, sodass ich entblößt vor ihm liege. Schließlich ist es nicht das erste Mal, dass er alles von mir sieht.

Seine Hände fahren über meine empfindliche Haut und die Haare an meinen Armen stellen sich elektrisiert auf. Recken sich dem Gefühl seiner Hände auf meiner Haut entgegen. Wir reden nicht miteinander. Wir sehen uns einfach nur an.

Rage umgreift meine Schenkel, die er beinahe brutal auseinanderschiebt. Einen Wimpernschlag später drängt er sich zwischen mich, seine Spitze stößt gegen meine Mitte und lässt mich Höhenflüge erleben.

Rage umgreift seinen Schaft, schiebt sich quälend langsam durch meine Schamlippen und verteilt die Nässe auf meiner Haut. Ich biege den Rücken weiter durch, sodass ich mich beinahe unmenschlich verrenke. Meine Hände greifen in sein Haar und ich ziehe ihn zu mir hinab.

Als seine Lippen auf meine treffen, dringt er in mich ein. Erst langsam, dann härter. Jeder Stoß schickt mich in eine andere Welt, fernab von der Realität.

Ich vergesse, wo wir sind. Wie wir uns kennengelernt haben und wie gefährlich der Mann ist, der mir jetzt so nah ist. So nah, wie sich zwei Menschen nur sein können.

»Yuna«, knurrt er gegen meine Lippen, zieht sich zurück und stößt sich erneut vor. Seine Länge füllt mich dehnend aus, jede Regung seinerseits bringt mich dem Höhepunkt näher. Meine Finger krallen sich in sein Fleisch, seine hingegen umfassen meine Taille. Bevor ich mich in dieser Pose fallen lassen kann, zieht Rage sich zurück, zerrt mich hoch und dreht mich auf den Bauch. Die Kälte umgibt meinen Hintern, meinen Rücken, meinen Nacken.

Doch als Rage unter meinen Bauch greift und mich barsch nach oben zerrt, sodass ich vor ihm knie, vergeht auch die Kälte. Sie wird durch warmes Verlangen ersetzt …

Seine Hände fahren langsam über meinen Po, hinauf zu meiner Wirbelsäule. Letztendlich kommt er an meinem Nacken an. Rage greift in mein Haar und zieht meinen Kopf schmerzhaft zurück, während er sich in mich schiebt. Lag bis eben noch ein Schrei vor Schmerz auf meinen Lippen, hat das Verlangen die Schmerzen jetzt überdeckt.

Je öfter er mit seinem Becken gegen meinen Hintern stößt, desto abwesender werde ich. Ich fühle nur noch … Mich würde es nicht einmal stören, wenn uns jemand zusehen würde.

Ich hatte oft in meinem Leben Sex, aber das hier spielt in einer anderen Liga. Er fasst mich so besitzergreifend an, dass ich es nicht wagen würde, ihm zu widersprechen. Und das will ich auch nicht.

Als Rage bis zum Anschlag in mich eindringt, kann ich mein Stöhnen nicht länger zurückhalten und keuche haltlos in die Nacht. Schreie heraus, was raus muss. Es ist mir egal, dass die Leute in der Gasse etwas hören könnten. Ich brauche dieses Ventil.

Rage lässt von meinem Haar ab, stattdessen umgreift er von hinten meine Brüste, die sich im Takt seiner Stöße bewegen. Mit den Fingerspitzen zwirbelt er meine Nippel, was mich noch willenloser macht.

»Komm für mich, kleiner Rabe«, befiehlt er mir hart und sanft zugleich. Als würde er mich töten und retten wollen. Beides zur selben Zeit.

Mein Körper reagiert heftig auf dieses Zusammenspiel, sodass ich nach zwei tiefen Stößen zitternd komme. Mein Mund steht offen, pumpt den Sauerstoff stoßend in meine Lunge.

Mein Körper brennt, meine Brust ebenso. Und das Pochen zwischen meinen Beinen wird noch stärker, als Rage sich in den Schutz ergießt.

Einen Moment verharren wir und keiner regt sich. Sterne tanzen vor meinen Augen, die Bässe vom Club geraten wieder in den Vordergrund. Und ich? Ich bin schwerelos. Schwerelos über den Dächern der Stadt. Mit ihm.

***

Seit einer halben Stunde liegen wir auf dem Dach, Arm in Arm, und blicken in den Himmel. Die Decke bedeckt die wichtigsten Körperstellen, ansonsten sind wir noch immer nackt.

Das Treiben im Club wird mit jeder Sekunde elektrisierender. Einnehmender. Am liebsten würde ich mir Rage' Hand schnappen und mit ihm in den Ring steigen. Bis mir etwas Besseres in den Sinn kommt.

Rage ist hier bei mir, außerdem ist er nackt. Er kann nicht so schnell fliehen. Und wir sind allein.

»Wieso Rage?«, frage ich ihn. Meine Wange liegt auf seiner nackten Brust. Ich kann sein Herz darunter donnern spüren.

»Wieso was? Wieso ich mit dir geschlafen habe?« Er klingt abwesend, als wäre er in Gedanken ganz woanders. In einer anderen Welt. Überall, nur nicht hier bei mir. Und auch wenn es mich kränken sollte, tut es das nicht. Ich weiß besser als jeder andere, wie es ist, sich einfach wegwünschen zu wollen.

»Nein, wieso *Rage*?«, betone ich die Frage genauer. Sein Körper verspannt sich neben meinem, und doch denke ich nicht daran, hier zu stoppen.

Mein Name bringt es schließlich mit sich, dass die Leute über mich Bescheid wissen. Sie wissen, dass ich die Prinzessin von Francis bin. Jetzt bin ich es, die mehr über ihn herausfinden will.

»Ich meine, wieso bist du so wütend? Und auf wen?« Diese Frage schießt förmlich aus mir heraus, ohne dass ich sie stoppen kann. Und ich will es wissen. Hier. Rage scheint noch einen Moment lang in seinen Gedanken zu versinken, bevor er mir antwortet.

»Das ist eine lange Geschichte«, seufzt er. Ich drehe mich auf die Seite, winkle meinen Ellbogen an und lege meinen Kopf auf ihm ab. Mein Blick gleitet über sein starres Profil, das vom Mond beleuchtet wird.

»An wen erinnere ich dich?« Die nächste Frage kommt nur leise über meine Lippen. Rage sieht mich

aus dem Augenwinkel heraus an. »Ich weiß es noch …
du hast gesagt, ich erinnere dich an jemanden. Dass du
mich nur deswegen beschützt hast.« Ob er mich jetzt
auch aus anderen Gründen beschützen würde?
Nachdem ich ihm beim Training alles von mir gegeben
habe?

»Sie war … im Prinzip war sie das genaue Gegenteil
von dir. Aber dieser hilflose Ausdruck in den Augen …
Es war eine Kurzschlussreaktion, als ich dich gesehen
habe«, erklärt er mir mit zusammengepressten Lippen.
Sein Blick haftet derweil am Himmel.

»Sie war? Was ist mit ihr passiert?« Sobald ich meine
Frage freigelassen habe, verspannt er sich neben mir.

»Ist in die falschen Hände geraten … an die falschen
Menschen. Ich habe sie gefunden, als es zu spät war.«
Schmerz spiegelt sich in seinem Gesicht wider, doch
Sekunden später fängt er sich bereits. Meine Hand
tastet nach seiner, die ich fest umschließe.

»War sie deine Freundin?«, will ich wissen, auch
wenn mich der Gedanke daran schmerzt.

»Amy? Gott, nein«, lacht er gequält auf. »Sie war
meine kleine Schwester.« Er hält seinen Blick am
Himmel, doch als seine Hand meine fester umschließt,
löst sich die Schlinge um meinen Hals.

Seine Schwester. Ich weiß nicht, wie es ist,
Geschwister zu haben. Und doch mag ich mir nicht
ausmalen, wie schmerzhaft es sein muss, einen solchen
Menschen zu verlieren.

»Das tut m-« Doch zu mehr komme ich nicht. Rage legt mir seinen Finger auf den Mund, um meine Entschuldigung zu stoppen.

»Nicht.« Er sieht mich intensiv an. »Ich habe meine Art gefunden, damit umzugehen«, setzt er ruhig hinterher. Allein der Gedanke an seine Art, damit umzugehen, lässt mich schwer schlucken.

»Deshalb kämpfst du«, stelle ich sachte fest.

»Ich kämpfe, weil ich der Beste darin bin«, korrigiert er mich. »Aber ich bin hier, weil ich keinen Ort habe, an den ich sonst gehöre.« Er sagt das Ganze, als wäre es keine große Sache, dabei habe ich selten etwas Traurigeres gehört.

Ich hasse meinen Vater, und doch weiß ich, dass ich jederzeit einen Ort habe, an dem ich zu Hause bin. Auch wenn ich lieber in der Hölle schmore, als wieder zu ihm zurückzukehren.

»Wie lange willst du das noch machen?« Der Gedanke, dass ihm eines Tages etwas im Ring passieren könnte, sorgt für ein mulmiges Gefühl in meinem Bauch. Nicht nur einmal ist schon jemand im Ring gestorben.

Ich bin so in Gedanken versunken, dass ich nicht bemerke, wie sich Rage über mich beugt. Er presst mich hart gegen den Boden, sein Schwanz liegt an meinem Bauch. Und er ist wieder hart. Ich spüre einen Knoten in meinem Hals, der nicht weichen will.

»Wie lange willst du das noch machen?«, fragt er mich stattdessen. Stirnrunzelnd sehe ich ihn an, sein

Gesicht ist meinem wieder so nah. Mein Blick wandert über den Cut in seiner Augenbraue direkt zu seinen dunklen Pupillen.

Was es mit dieser Narbe wohl auf sich hat? Sie zeigt mir erneut, wie gefährlich dieser Kampf im Ring immer wieder aufs Neue ist.

»Was meinst du?« Ich spiele die Ahnungslose, obwohl ich weiß, worauf er hinauswill.

»Du läufst weg. Vor wem? Wenn ich raten müsste, würde ich auf deinen Vater tippen. Und du kommst immer wieder hierher, weil du glaubst, dass er dich hier nicht suchen wird.«

Rage trifft den Nagel auf den Kopf, doch ich verziehe keine Miene, um ihm nicht zu viel zu verraten. Ja, ich laufe weg. Auch wenn er mich nicht einmal verfolgt.

Ein Teil in mir wird immer Angst davor haben, zurück in den Käfig zu müssen. Von ihm vorgeführt zu werden wie ein Besitztum.

Als hätte er mich zu der Frau gemacht, die ich heute bin. Dabei hat er mich immer vernachlässigt. Nur dank Mom bin ich die Yuna, die jetzt unter ihm liegt.

»Eigentlich will ich nur raus. Weg von allem«, antworte ich ihm schwer atmend. Seine Augen nageln mich am Boden fest und alles um mich herum verwischt. Nur sein Gesicht ist noch scharf.

»Du solltest jetzt nach Hause gehen.« Aber anstatt sich von mir zu lösen, verweilt er über mir. Immer wieder schickt er mich heim. Dabei sehnt sich mein

Körper danach, neben ihm in einem Bett einzuschlafen und am nächsten Morgen aufzuwachen.

»Wieso?« Das ist alles, was ich rausbekomme. Seine Hände umgreifen immer noch meine Handgelenke, die er jetzt langsam loslässt. »Du musst morgen früh ausgeruht sein.«

»Morgen früh?« Gespannt warte ich auf eine Erklärung, aber sein Blick verrät mir, dass er mir heute nicht mehr verraten wird. »Sei morgen früh zu Hause. Ich werde dich abholen.«

***

Liebestrunken verlasse ich eine halbe Stunde später den Club. Meine Beine sind wackelig, obwohl ich keinen Tropfen Alkohol intus habe.

Mein Herz wird magnetisch von den Bässen in meinem Rücken angezogen, als ich in die Nachtluft trete und nach oben blicke. Zu dem Ort, an dem ich mich Rage gerade eben das erste Mal gänzlich hingegeben habe.

Alles in mir kribbelt, ebenso wie meine erhitzte Haut unter dem viel zu einengenden Stoff meiner Klamotten. Rage hat mich zur Tür gebracht und ist dann in den Menschenmassen des Clubs verschwunden. Und auch wenn ich es ungern zugebe, sehne ich mich nach ihm.

Mit seinem Bild in Gedanken trete ich aus der Gasse heraus und erreiche die Hauptstraße, die erstaunlicherweise kaum befahren ist.

Weil mir die Schuhe plötzlich viel zu hoch sind, streife ich sie mir von den Füßen und nehme sie in die Hand. Meine nackten Fußsohlen erschaudern dank des kalten Betons.

So trotte ich weiter … und obwohl mein Ziel Maggys Wohnung sein sollte, gehe ich an ihr vorbei, als ich sie zehn Minuten später erreiche.

Ich will einfach nicht ins Bett. Nicht ohne ihn. Viel lieber will ich die Nacht und das Gefühl in meiner Brust genießen, wenn ich an ihn denke. Will die Lichter flackern und die Stadt einschlafen sehen. Wer hätte gedacht, dass dies die dümmste Entscheidung meines Lebens sein würde.

ÄNGSTE SIND STÄRKER
als Schmerzen

Am nächsten Morgen klingle ich an ihrer Wohnungstür und atme tief durch. Was zur Hölle mache ich hier eigentlich? Wenn Darryl diesen Kampf und ich es ihm heimzahlen will, müsste ich im Ring stehen und trainieren.

Stattdessen bin ich hier. Und ich weiß nicht einmal, wohin ich mit ihr gehen will. Ich weiß nur, dass sie rauswill. Weg von allem. Das waren ihre Worte. Und ein anscheinend undurchsichtiger Teil in mir will ihr diesen albernen Wunsch erfüllen. Wieso er albern ist?

Weil sie eine Raven ist. Weil sie ihre Schatten auch am anderen Ende der Welt verfolgen würden. Ihr Name ist ein Fluch, der sie immer begleiten wird.

Nicht nur nachts, sondern auch am Tage. Und etwas in ihren grauen Augen sagt mir, dass sie gar kein anderes Leben will, auch wenn sie es sich einzureden versucht. Yuna ist anders. Yuna ist düster. Ihre Seele strahlt etwas aus, das andere Menschen abschrecken würde.

Mich hingegen zieht genau dieser dunkle Teil magisch an. Deshalb stehe ich jetzt – um acht Uhr am Morgen – vor ihrer Wohnung, um sie abzuholen.

Weil mir niemand die Tür öffnet, klopfe ich schwungvoll gegen das beinahe schwarze Holz der Pforte. Es dauert eine gefühlte Ewigkeit, bis die Wohnungstür aufgeht. Doch vor mir steht nicht Yuna, sondern eine andere Frau.

Sie hat pinkes Haar, das ihr bis zu den Schultern reicht, eine interessante Mischung aus grünbraunen Augen und makellose Haut. Sie trägt lediglich ein Shirt, das ihr bis zu den Oberschenkeln reicht und mir einen Blick auf ihren Slip verschafft. Sie reibt sich die Augen und starrt mich stirnrunzelnd an.

»Und wer zur Hölle bist du?«, giftet sie mich an. Wow. Normalerweise werde ich von Frauen anders in Empfang genommen. Eine Tatsache, die mich schmunzeln lässt. Und ich dachte schon, Yuna wäre kratzbürstig …

»Ich bin mit deiner Mitbewohnerin verabredet. Ist sie fertig?« Ich ignoriere ihre vernichtenden Blicke, weil ich sie aus dem Bett gerissen habe, und spähe über ihre Schulter in die Wohnung. Doch von ihr fehlt jede Spur.

»Moment. Yuna?« Sie verschränkt die Arme vor der Brust und hebt belustigt die Brauen. »Du und Yuna, ja?« Anscheinend glaubt sie mir nicht und hält mich für einen Lügner. Gott, das erste Mal in meinem Leben finde ich eine Frau, die nicht auf den Mund gefallen ist, eher ätzend als interessant.

»Du hast nicht auf meine Frage geantwortet«, knurre ich sie an und dränge mich an ihr vorbei. Ohne um Erlaubnis zu bitten, betrete ich die Wohnung und gehe den Flur entlang.

»Hey! Spinnst du?« Yunas Freundin denkt nicht daran, die Tür zu schließen, als sie sich mir in den Weg stellt und die Arme vor der Brust verschränkt. Ihre Haare sind noch von der Nacht zerzaust, man kann sogar noch die Abdrücke des Kopfkissens auf ihrem Gesicht sehen.

»Welches Zimmer ist ihres?«, frage ich sie, ihren Protest ignorierend. Ich lasse mein Training hierfür ausfallen, ich will und kann es mir nicht leisten, noch mehr Zeit mit der falschen Frau zu vertrödeln. Außerdem bin ich nicht hier, um sie zu sehen …

»Sag mal, kenne ich dich nicht irgendwoher?« Sie sieht mich grübelnd an, ihr Blick fährt langsam über mein Gesicht. Doch der Funke scheint nicht überzuspringen.

Weil ich keine Lust auf ihre Blicke habe, dränge ich mich wieder an ihr vorbei und reiße das erstbeste Zimmer auf. Zum Vorschein kommen dunkel gestrichene Wände und dunkle Vorhänge. Auch wenn ich die Frau hinter mir nicht kenne, bin ich mir sicher, dass das hier Yunas Zimmer ist. Außerdem riecht es hier drin nach ihrem Parfum.

Mein Blick wandert zu ihrem gemachten Bett, vorbei an einer schwarzen Kommode, auf der Bilder von ihr und der Göre stehen.

»Höflichkeit hast du echt nicht mit Löffeln gefressen, was?«, giftet mich die pinke Barbie erneut an, stellt sich neben mich und hebt die Brauen.

»Yuna ist nicht hier«, setzt sie schließlich noch hinterher. Es dauert einen Moment, bis sie zu realisieren scheint ...

»Hey, wenn du hier bist und sie suchst, wo zur Hölle ist sie dann?« Ihre Stirn liegt in tiefen Falten und ihre störrischen Gesichtszüge weichen für eine Sekunde auf. Sorge. Sie sorgt sich. Wieso zur Hölle sorgt sie sich?

»Was meinst du damit?«, will ich barsch von ihr wissen.

»Sie war doch gestern Abend bei dir, oder nicht?« Als Antwort nicke ich starr, behalte sie dabei genau im Auge. »Ja, und sie sagte, dass sie nicht mehr heimkommen wird und ich nicht auf sie warten soll. Sie ist nicht hier!«

Mein Blick wandert wieder zu ihrem unberührten Bett, in dem sie ganz sicher nicht geschlafen hat. Mein Puls rast in die Höhe, Schweiß bildet sich auf meiner Stirn und mein Körper spannt sich an. Wenn sie nicht hier ist, wo zur Hölle ist sie dann?

»Was willst du mir damit sagen? Dass sie verschwunden ist?« Meine Sicherungen brennen durch, sodass ihre Freundin kurz zurückzuckt. »Aber sie war doch bei dir!«, klagt sie mich an und schlingt die Arme enger um ihren Oberkörper.

»Ich habe sie gestern Abend noch nach Hause geschickt, sie muss hier sein!« Ich dränge sie in die Ecke, weshalb sie einen Schritt zurückweicht und mit dem Rücken gegen den Türrahmen stößt.

»Sie kam aber nicht nach Hause«, flüstert sie mit aufgerissenen Augen. »Scheiße!« Sie kämpft sich von dem Türrahmen weg, stürmt zu Yunas Nachttisch, reißt die Schubladen nacheinander auf und wühlt in jeder einzelnen.

»Was machst du da?« Versteinert stehe ich in der Tür und sehe der Kleinen dabei zu, wie sie die Nerven verliert.

»Ihr Vater«, krächzt sie und ich kann sehen, dass ihre Schultern beben. Sie zückt einen Zettel, und bevor sie selbstständig aufstehen kann, habe ich sie hochgezerrt und meine Hände auf ihre Schultern gelegt.

»Was ist mit Francis?«, frage ich sie und versuche, bei klarem Kopf zu bleiben. Allein beim Aussprechen dieses Namens zittert die Kleine wie Espenlaub.

»Du kennst ihn?« Panik liegt in ihren Augen. Und auch wenn ich nie Angst habe, schleicht sich dieses Gefühl in mir hoch … Was hat dieser Dreckskerl mit ihr gemacht? Und vor allem: Was will er von ihr?

»Das spielt keine Rolle, was weißt du?«, lenke ich vom Thema ab. Sie hält mir zitternd den Zettel hin, auf dem eine Adresse steht. »Yuna hatte Angst vor ihrem Vater … so war es schon immer. Sie sagte immer, es wäre nur eine Frage der Zeit, bis er sie zurück zu sich holen würde«, wispert sie wimmernd. »Sie hat mir seine Adresse aufgeschrieben, für den Fall, dass sie ... dass sie eines Tages weg ist. Dann soll ich sie als Erstes dort suchen.«

Ihre Lider zittern genauso wie der Rest ihres Körpers, und auch ich kann meine Sorgen nicht länger verbergen. Ich kenne Francis Raven. Und auch wenn sie seine Tochter ist, will ich nicht, dass sie in seinen Händen ist.

Wieso zum Teufel habe ich Yuna nach Hause geschickt? Ich hätte sie mit in mein Bett nehmen und nie wieder gehen lassen dürfen! Wut steigt in mir auf, Wut auf dieses Arschloch, Wut auf mich. Wut auf alles und jeden. Wieso hat sie mir nicht gesagt, dass er sie sucht?

»Ich hole sie da raus, du bleibst hier«, beschließe ich in hartem Ton, entreiße ihr den Zettel mit der Adresse und steuere den Ausgang der Wohnung an. Yunas Freundin folgt mir.

»Und was, wenn sie nicht bei ihm ist? Wenn sie jemand ... Wenn sie jemand anderes hat?« Ihre Stimme gleicht nur noch einem qualvollen Wispern.

Bevor ich die Wohnung verlasse, werfe ich der Kleinen noch ein aufmunterndes Lächeln zu. Dabei ist mir eher zum Schreien zumute!

»Ich hole sie raus. Egal, in welchen Schwierigkeiten sie steckt.« Innerlich allerdings hoffe ich, dass sie tatsächlich bei ihrem Vater ist.

Denn dann brauche ich nur die richtigen Männer an meiner Seite, um sie zu befreien. Und die habe ich schließlich an meiner Seite, seit ich ein Teil des Palace of Pain bin.

EIN RABE IN
Gefangenschaft

Bleierne Müdigkeit umgibt mich, als ich die Augen aufschlage. Was ist das Letzte, an das ich mich erinnere? Ich weiß, dass ich auf dem Weg vom Club heim war. Und dass ich, anstatt ins Bett zu gehen, weiterging, um die Nacht zu genießen.

Dann prangt ein riesiges Loch in meinem Gedächtnis, das ich nicht füllen kann. Die Decke über mir ist stählern grau. Im Club kann ich nicht sein, schließlich weiß ich, wie es sich im Palast anfühlt. Sicher. Mein zitternder Körper verrät mir, dass ich hier nicht in Sicherheit bin. Es riecht anders als im Palace of Pain.

Nur schwer schaffe ich es, meine Glieder zu bewegen. Es fühlt sich an, als hätte ich mich seit Stunden keinen Zentimeter mehr bewegt.

Ich fahre mit den Fingerspitzen, die sich leicht taub anfühlen, über den weichen Stoff der Bettdecke. Ein Duft steigt mir in die Nase, der mir so vertraut vorkommt. Und doch kann ich ihn nicht einordnen, egal, wie tief ich in meinem Gedächtnis danach grabe.

Mein Kopf ist auf ein weiches Kissen gebettet, das mich regelrecht verschluckt, in die Tiefe zieht. Erst nach und nach schaffe ich es, aus meiner Starre zu entkommen, schwinge die Beine über den Rand des Bettes und sehe mich in dem Raum um.

Ein schwarzer Teppich ziert den Boden, helle Möbel stehen an den Wänden. Eines steht fest: Ich kenne diesen Raum nicht. Wo zum Teufel bin ich? Bin ich vielleicht doch im Club, ohne es zu wissen? Habe ich Rage vielleicht nie verlassen?

Mein Blick wandert weiter durch den Raum, und als ich an der mir gegenüberliegenden Wand ankomme, erschrecke ich. Die Wand besteht aus Glas, sodass ich den Raum dahinter sehen kann. Er ist dunkel, die Wände sind aus blankem Beton. Alles hier erinnert mich auf den ersten Blick an einen Kerker.

Panisch springe ich aus dem Bett und torkle, noch benebelt, zu der Glaswand herüber. Meine Finger fahren über das kühle Glas und ich zittere am ganzen Körper. Meine Knie schlottern und ich blicke an mir hinab.

Noch trage ich dieselben Klamotten wie im Club. Den schwarzen Rock, den Rage mir über den Bauch schob, um in mich einzudringen. Ein Kribbeln durchfährt mich bei der Erinnerung daran, das sich sofort wieder in ein Zittern verwandelt.

»Hallo?«, rufe ich, sodass meine Worte in dem spärlich eingerichteten Raum widerhallen. »Hallo, ist da jemand?«, setze ich mit schwacher Stimme hinterher.

Bevor ich die Hoffnung aufgebe, tritt ein Mann im Anzug vor die Glaswand. Sein plötzliches Auftauchen lässt mich einige Schritte zurückweichen.

»Sei verflucht noch mal still, Yuna!«, funkelt er mich durch das Glas wütend an. Seine Stimme ist dunkel, angsteinflößend, machtvoll.

Und doch habe ich diesen Mann noch nie gesehen. Anfangs hatte ich gehofft, dass mein Vater mich zurückgewinnen wollte. Dass er es sich anders überlegt hat und mich wieder in seinen Klauen wissen will. Aber diesen Raum und diesen Mann kenne ich nicht.

»Wer bist du?«, frage ich ihn und spreche leise, weil ich weiß, dass er jedes Wort verstehen kann. Ich sitze direkt auf dem Präsentierteller vor ihm.

»Das spielt keine Rolle. Es ist nur wichtig, dass du leise bist.« Seine Erwiderung lässt mich sarkastisch auflachen.

»Einen Scheiß werde ich sein! Wo zur Hölle bin ich?«, funkle ich ihn jetzt ebenfalls an, trete wieder an die Scheibe heran und lege meine Handflächen auf das Glas.

Eine Kälte zieht sich von meinen Händen durch meinen ganzen Körper. Mein Blick wandert über das Bild des Mannes und bleibt an seiner Waffe hängen, die er in einem Halfter bei sich trägt.

Sofort spüre ich Panik in mir aufsteigen, die sich nicht herunterschlucken lässt. »Das wirst du noch früh genug erfahren. Ich bin nicht befugt, dir etwas zu sagen, Yuna.«

Er dreht mir den Rücken zu und steuert eine dunkle Tür rechts an, die in die Ungewissheit führt. Bevor er gänzlich aus meinem Blickfeld verschwunden ist, donnere ich meine geballten Fäuste gegen die Scheibe.

So stark, dass sie bereits Sekunden später zu bluten beginnen. Mein Blut klebt an der Scheibe, in der ich mich aufgrund des Lichtes in meinem Rücken spiegle.

Striemen an meinen Wangen sind der Beweis dafür, dass ich geknebelt wurde, als man mich herbrachte. Ich kenne diese Druckstellen zu gut.

Tiefe Schatten liegen unter meinen Augen, meine Mascara hängt mir auf den Wangen und mein Lippenstift ist verwischt, sodass mein Mund wie der des Jokers aussieht.

»Woher kennst du meinen Namen?«, schreie ich ihm hinterher, doch er denkt nicht daran, mir zu antworten. Stattdessen verschwindet er wortlos und mit schweren Schritten in der Dunkelheit. Und ich bleibe allein in dem gläsernen Käfig zurück ... Rage, wo bist du?

MARIONETTEN
der Zeit

»Scott, wo bist du?« Ich tigere in meiner Wohnung hin und her, schreie ihn durch die Leitung beinahe an. Einen Moment lang herrscht Schweigen am anderen Ende der Leitung, gefolgt von einem leisen Rascheln.

Fuck, vermutlich liegt der Penner in einer Hängematte auf seiner verschissenen Insel und schaukelt sich die Eier.

Und doch ist er der Einzige, der mir helfen kann, wenn ich sie finden will. Und obwohl ich im Ring stehen müsste, hat Yuna für mich in diesem Moment Priorität.

»Wobei soll ich dir helfen, Rage?«, fragt er mich mit monotoner Stimme. Scott war nie der gesprächige Typ, er spricht lieber in seinen Gedanken.

Spricht in Rätseln und Zahlen. Dieser Kerl hat seine Finger einfach überall im Spiel, auch wenn er sich so gut wie nie irgendwo blicken lässt. Er ist der Fadenzieher aus dem Hintergrund.

»Es geht um eine Frau«, antworte ich ihm stockend und bleibe mit meinem Blick an der Kommode hängen, an der ich es ihr zum ersten Mal besorgt habe. Scott lacht unterschwellig am Ende der Leitung.

Wenn er sich nicht immer hinter seinen Bildschirmen und seiner verkackten Anonymität verstecken würde, hätte ich ihm längst auf meine Art und Weise gezeigt, dass er nicht mit mir spielen sollte.

Und doch bin ich ihm kein einziges Mal im realen Leben begegnet. Ich weiß ja nicht mal, wie der Kerl aussieht, geschweige denn, wie er mit vollem Namen heißt. Ob Scott überhaupt sein richtiger Name ist.

»Und was ist mit dieser Frau?«, will er matt wissen. Ich atme tief durch, bevor ich ihm antworte.

»Es geht nicht um irgendeine Frau, es geht um Yuna Raven«, erkläre ich ihm und kann hören, dass sich seine Atmung verändert. Vermutlich steht der Penner jetzt endlich von seiner Hängematte auf und hört mir wirklich zu. Immerhin geht es hier nicht um jemand Unbedeutenden.

»Die Tochter von Francis Raven?«, hakt er interessiert nach. Er hat Blut geleckt … genau das, was ich wollte.

»Ja. Ich glaube, er hält sie bei sich gefangen.« Schon der Gedanke daran, dass sie gegen ihren Willen festgehalten wird, erweckt Mordgedanken in mir.

»Er ist doch ihr Vater«, stellt Scott überflüssigerweise fest. Meine Hand fährt über die Kommode, und es ist, als könnte ich sie bei mir spüren.

Sie wollte ganz sicher nicht freiwillig gehen, da bin ich mir sicher. Wieso sonst wollte sie bei mir nie mit diesem Scheusal in Verbindung gebracht werden?

»Ja, aber sie will nicht bei ihm sein.« Ich verdrehe die Augen, weil ich will, dass wir zum Wesentlichen kommen, anstatt um den heißen Brei herumzureden.

»Und was kann ich da für dich tun?« Endlich lenkt er das Gespräch in die richtige Richtung. Entschlossen gehe ich zu meinem Bett herüber, krame meinen Revolver hervor, kontrolliere die Munition und stopfe sie in den Bund meiner Jeans.

»Du kennst sein Anwesen. Wie gut ist es gesichert?«, frage ich ihn, schnappe mir meine Jacke und verlasse meine Wohnung, um dem Club den Rücken zuzukehren. Es ist mir egal, wer mich aufhalten würde, denn das werde ich nicht zulassen.

»Zu gut«, antwortet er knapp. »Francis Raven hat die neuesten Techniken verbaut, Rage.«

Er zerstreut meine Hoffnung nicht, denn ich weiß, wen ich am Telefon habe. Das hier ist kein Hobby-Hacker. Dieser Kerl könnte Anonymus Konkurrenz machen. Ach, was rede ich da? Im Vergleich zu ihm spielen diese Wichser im Kindergarten.

Er in der Premium League. Und genau deshalb ist er der einzige Mann, der mir hierbei behilflich sein kann. Wenn ich erst einmal im Gebäude bin, werde ich mich um den Rest allein kümmern.

»Zu gut für dich?« Sobald ich an die frische Luft getreten bin, rauscht neues Adrenalin durch meine Venen und macht mich noch entschlossener.

»Rage … für mich ist niemand zu gut.« Seine Antwort sorgt dafür, dass ich mich entspanne. Wenn Francis sie haben sollte, wird er sie nicht lange behalten können, dafür werde ich mit Scotts Hilfe sorgen.

»Gut. Ich bin in einer halben Stunde da, dann brauche ich die Codes und einen Grundriss des Gebäudes. Meinst du, das schaffst du in dreißig Minuten?«

Ich steige in meinen Wagen ein, starte den Motor und lasse ihn aufheulen. Dann steuere ich die Adresse an, die Yuna ihrer Freundin für den Notfall dagelassen hat. Das Blut pumpt rasend durch meine Venen und rauscht in meinen Ohren.

»Alles schon fertig. Sieh in dein Mailfach.« Erleichtert atme ich aus und kralle mich derweil am Lenkrad fest.

»Ach, und, Rage?« Ich bleibe stumm, warte ab, was er mir noch zu sagen hat. »Viel Glück.« Glück … ist es das, was ich brauche?

HASS IST MÄCHTIGER *als Liebe*

Ich weiß nicht, wie viel Zeit vergangen ist, seit dieser Mann hinter der Tür rechts verschwunden ist. Es könnten nur wenige Minuten oder mehrere Tage sein. Hier unten habe ich kein Tageslicht, ich habe nichts. Nichts, woran ich ausmachen könnte, welche Uhrzeit wir haben.

»Scheiße«, fluche ich in mich hinein und wühle mich durch die Schränke. Die meisten Schubfächer sind leer und ich treffe nur den blanken Boden an. Zitternd stoße ich die mittlere Schublade zu und reiße die unterste dafür auf.

Das Erste, was mir ins Auge sticht, ist ein Bilderrahmen, der verkehrt herum drin liegt, sodass ich das Foto darin nicht sehen kann.

Ich fahre mit meinen Fingern über das Holz des Rahmens, greife darunter und drehe es schließlich um. Mein Körper, der bis eben in einem Dämmerzustand war, wird schlagartig wach. Hellwach.

Und jeder Blick auf dieses Foto schmerzt. Jeder Wimpernschlag kostet mich Kraft, als ich mich in den Augen meiner Mutter wiederfinde.

Diese wunderschönen Augen. Am Rand der Pupillen verläuft ein beinahe weißer Kranz, der sich zum Ende der Iriden ins Blau verwandelt. Sie strahlt mich an, als wäre sie glücklich. War sie glücklich?

Ich weiß es nicht, und dass ich sie nie gefragt habe, sorgt dafür, dass ich mich zu schämen beginne. Ich habe alles viel zu selbstverständlich gesehen. Wie konnte ich nur? Wie konnte ich nicht sehen, was direkt vor mir lag?

Die Schatten unter ihren Augen nehmen ihr das Glück aus den Augen, machen es wertlos, weil das Funkeln nicht echt ist. Es ist gespielt. Früher wusste ich das nicht, jetzt bin ich mir sicher. Niemand kann an der Seite von Francis Raven glücklich sein. Ich als seine Tochter konnte es jedenfalls nie.

Meine Fingerspitzen gleiten über ihr makelloses Gesicht, die spitze Nase und den geschwungenen, herzförmigen Mund. Meine Hand wandert zu meinen Lippen, die dieselbe Form besitzen. Ich frage mich nicht, was dieses Bild hier zu suchen hat, frage mich nicht, wie es hierhergekommen ist.

Stattdessen lege ich es mit der Bildseite nach unten zurück in das Schubfach und atme tief durch. Ihr Bild hat sich in meine Netzhaut gebrannt und Tränen schimmern in meinen Augen, als ich die Schublade kraftvoll zuschiebe.

Zitternd stehe ich auf, gehe zu dem großen der Schränke herüber und reiße ihn auf. Zum Vorschein kommen Kleidungsstücke, die mir bekannt vorkommen. Nach und nach setzt sich das Puzzle direkt vor meinen Augen zu einem Schreckensszenario zusammen.

Ich fahre über den Stoff eines gelben Kleides, das ich so gern an heißen Sommertagen trug. Vorbei an einer beigefarbenen Bluse, die mit kleinen Eulen bestickt wurde.

Das alles hat einmal zu meinem Leben gehört und doch habe ich mich vor einigen Monaten gegen dieses Leben entschieden. Als ich ging, habe ich all das zurückgelassen. Ich habe mir neue Sachen gekauft, neue Möbel … ein neues Leben.

»Na, hast du deine Sachen vermisst?« Seine Stimme durchfährt mich wie ein Blitz, der an den Grundmauern meiner Festung reißt. Bald gehe ich zu Fall.

Meine Schultern beben, ich drehe mich nicht zu ihm um. Stattdessen wühle ich mich weiter durch die zahlreichen Kleiderbügel.

»Willst du mich nicht begrüßen, Yuna?«, setzt er lachend hinterher, und doch lässt seine Stimme keinen Funken Freundlichkeit zu. Ob er mich vermisst hat? Würde er dann so mit mir umspringen?

Ich schüttle energisch den Kopf, lasse meine Hand kraftlos sinken, bis mir eine bessere Idee in den Sinn kommt. Er sieht mich. Und ich will, dass er es sieht.

Entschlossen greife ich nach dem Kleid, das sich damals so gut auf meiner Haut anfühlte. Einen kurzen Moment schließe ich die Augen, reibe den Stoff zwischen meinen Fingerspitzen, und dann zerreiße ich ihn mit bloßen Händen. Das Kleid reißt der Länge nach knarzend auf, sodass ich die Stofffetzen zu Boden rieseln lasse.

Anschließend greife ich wahllos in den Schrank, um das nächste Kleidungsstück rauszuziehen und vor den Augen meines Vaters zu zerstören.

Ich zerstöre Erinnerungen. Zerstöre das Leben, das ich einst hatte. Weil ich nie wieder ein Teil hiervon sein will. Francis sagt nichts, während ich in Rage gerate, das nächste Teil zücke und zerpflücke.

Ich weiß nicht, wie lange mein Wutanfall anhält, nur, dass am Ende kaum noch Kleiderbügel besetzt sind. Der Rest hat sich vor meinen Füßen zu einem Turm aus Fetzen gesammelt.

»Musste das sein?« Seine Frage reißt mich aus meinem Zorn, also stapfe ich zur Glaswand und donnere meine ohnehin blutige Faust noch einmal dagegen, bis ich unter Schmerzen von ihr ablasse.

Das erste Mal seit Monaten stehe ich ihm gegenüber. Normale Mädchen würden ihren Vater in den Arm nehmen wollen. Normale Mädchen würden sich über diese Vereinigung freuen.

Aber ich bin alles, nur kein normales Mädchen. So wie er kein normaler Vater ist. Das war er nie. Er war schon ein Monster, als ich geboren wurde. Als ich noch im Bauch meiner Mom war. Wenn ich darüber nachdenke, wünschte ich mir manchmal, gar nicht geboren worden zu sein.

»Ich hätte wissen müssen, dass du es gewesen bist«, spucke ich gegen die Scheibe, sodass sich mein Speichel auf ihr sammelt und hinabrinnt.

Mein Vater schürzt seine Lippen. Er trägt seine blonden Haare kurz, seine blauen Augen funkeln dunkel. Normalerweise hat mein Haar dieselbe Farbe wie seines, doch als ich alt genug war, beschloss ich, sie mir zu färben, weil ich nicht wie er sein will. Am liebsten würde ich mir von meinem Geld eine neue Identität und einen neuen Namen kaufen.

»Bist du wirklich so verwundert, Yuna? Dein Vater wollte dich sehen«, verkündet er mit einer ausladenden Handbewegung und deutet auf den Raum, in dem ich mich befinde.

Der, der jetzt komplett verwüstet ist. Dabei würde ich ihn gern niederbrennen, bis nichts mehr davon übrig ist. Lediglich das Foto von meiner Mutter würde ich retten, wenn ich könnte. Das ist alles.

»Du wolltest mich sehen? Und deshalb lässt du mich entführen? Das ist krank!« Meine Stimme schrillt in die Höhe, bricht beim höchsten Ton allerdings ab.

Die starren Gesichtszüge meines Vaters weichen für eine Millisekunde auf. Seine Mundwinkel, die sonst nach oben zeigen, verziehen sich nach unten, seine Augen strahlen nicht mehr.

»Seit deine Mutter tot ist-«, fängt er an, doch ich donnere meine Faust ein weiteres Mal gegen das Glas, weil ich seine Worte nicht hören will. Er zieht die Brauen in die Höhe.

»Wage es nicht, über sie zu sprechen!«, knurre ich ihn an. Mein Erzeuger tritt dichter an die Scheibe heran, sodass uns nur noch das Glas voneinander trennt.

»Du kannst dich glücklich schätzen, dass uns diese Wand trennt, sonst würdest du deine Worte sofort bereuen«, droht er mir. Und ich weiß, dass er auch vor meiner Gesundheit nicht zurückschreckt. So war mein Vater schon immer. Er würde mich hier verrotten lassen. Einsam. Allein.

»Sag mir«, ich schüttle fassungslos über diese Situation den Kopf, »wie lange existiert das hier schon?« Ich deute auf den Käfig, in dem ich mich befinde. Ein Raum, den ich noch nie zuvor gesehen habe und den ich gewiss nie kennenlernen wollte.

»Sagen wir so: Ich habe die Monate deiner Abwesenheit genutzt, um es dir hier gemütlich zu machen. Du sollst dich doch wohl bei mir fühlen, wenn du wieder hier einziehst.« Ein ersticktes Lachen kriecht über meine Lippen.

»Ich sterbe lieber, als wieder ein Teil von dir zu sein!« Ich lasse von der Scheibe ab und tigere wild auf und ab. Francis rührt sich derweil nicht vom Fleck. Allein die Tatsache, dass er denkt, ich könnte freiwillig zurückkommen, lässt Magensäure in mir aufsteigen.

»Du wirst immer ein Teil von mir sein, Yuna. Weißt du auch, wieso?« Er tritt noch näher an die Scheibe, sodass sie von seinem Atem beschlägt.

»Weil du nur entstanden bist, weil deine Mutter eine kleine Hure war, die die Beine für mich breit gemacht hat. Nur. Deshalb.« Während er die Ruhe in Person verkörpert, zerfalle ich innerlich.

Ein weiteres Mal schlage ich gegen die Scheibe, genau gegen die Stelle, an der sich sein Gesicht befindet.

Blut vermischt sich mit meinem Speichel und ich spucke noch einmal gegen das Glas. Doch all das gibt mir keine Genugtuung. Ich fühle mich einfach nur leer und ausgelaugt.

»Fick dich!« Es ist das erste Mal, dass ich diese Worte zu meinem Vater sage, und doch bereue ich nichts. Keine Silbe. Keinen Ton. Stattdessen spüre ich, wie endlich eine Last von mir abfällt.

»Was willst du wirklich von mir? Ich bin doch aus einem Grund hier!«, dränge ich ihn dazu, endlich mit der Sprache rauszurücken, anstatt mich weiter im Dunkeln tappen zu lassen. Mein Geduldsfaden reißt Stück für Stück.

»Ich wollte dich aus den Fängen dieser Leute rausholen«, erklärt er mir so sachlich, als würde er mit mir über das Wetter und nicht über mein Leben reden.

»Welche Leute?«

»Dieser Club? Ich weiß, dass du dort jeden Abend ein- und ausgehst. Du kleines Flittchen«, beleidigt er mich, trifft mich damit aber nicht im Geringsten. Mir ist es schlichtweg egal, was er von mir und meinem Leben hält.

»Eine Raven geht nicht in einen Club dieser Art und verkauft ihren Körper für Geld«, schreit er mich jetzt an, sodass ich innerlich zusammenzucke. Meine Kehle schnürt sich zu, die Adern an seinem Hals pulsieren bedrohlich.

»Ich bin freiwillig in dem Club und es ist meine Sache, was ich mit meinem Leben anfange«, halte ich gegen, auch wenn ich schlucken muss.

Seine Augen brennen sich förmlich in mein Gesicht. Sollte ich ihm sagen, dass ich mich nicht verkaufe? Dass ich zu nichts mehr gezwungen werde?

»Du wirst unseren Namen nicht in den Dreck ziehen, Yuna. Das ist mein letztes Wort. Und wenn ich dich mit einer Peitsche dazu überreden muss, hierzubleiben, werde ich es tun.« Mit dieser Warnung lässt er von mir ab. »Ich werde dir gleich etwas zu essen schicken, damit du nicht vom Fleisch fällst.«

Mein Vater geht durch dieselbe Tür, durch die der andere Mann verschwunden ist. Bevor ich wieder allein bin, dreht er sich noch einmal zu mir um.

»Ach, und, Yuna?« Ich werde hellhörig, lege meine Hände auf die Scheibe und warte, bis er mir sagt, was er zu sagen hat.

Sein Gesicht liegt im Schatten und doch kann ich seine Augen regelrecht strahlen sehen. Und dieses Strahlen bedeutet nichts Gutes.

»Ich bin froh, dass ich dich wiederhabe. Das Haus war furchtbar leer ohne dich.« Ein Kloß entsteht in meinem Hals, als er endgültig verschwindet.

Ich lehne meine Stirn gegen das Glas und lasse alles heraus. Ich weine, schreie, kreische. Doch mich wird niemand hören. Das erste Mal seit jener Nacht wünschte ich mir, Rage hätte mich nie aus dem Club gehen lassen …

***

Es ist Freitag, die Schule ist aus. Meine Freundinnen haben sich für den Abend zum Bowlen verabredet, und ich? Ich werde zu Hause sein. Mit meinen Eltern auf der Couch sitzen und heile Familie spielen. Ich werde diese eisige Kälte zwischen ihnen ignorieren, auch wenn sie letztendlich immer siegt.

Wie gern würde ich mich einfach mit meinen Freunden treffen, wie gern würde ich einfach nur ein Teenager sein. Mit all den Höhen und Tiefen. Doch mein Leben wird durch Tiefen bestimmt. Meine Kurve geht einfach nur steil bergab.

Ich krame in meiner Jackentasche nach dem Schlüssel der Haustür, stecke ihn ins Schloss und öffne sie. Der vertraute Geruch meines Gefängnisses durchströmt mich, empfängt mich. Es ist nicht meine Mutter, die auf mich wartet. Nicht mein Vater. Nein, da ist nur dieser Duft nach Enttäuschung.

»Mom? Dad?«, rufe ich, schmeiße meinen Rucksack in die Ecke und pelle mich aus meiner Jacke.

Nachdem ich mir meine Schuhe von den Füßen gestreift habe, werfe ich einen Blick in die Küche. Ein Kochtopf steht auf dem Herd und ein angebrannter Geruch vermischt sich mit dem Duft meines Zuhauses.

»Ich bin zurück!«, setze ich lautstark hinterher. Doch niemand antwortet mir. Da ist nur Stille. Zerberstende Stille, die mir eine Gänsehaut über den Rücken jagt.

Wieso zur Hölle antwortet mir niemand? Ich schleiche mich ins Wohnzimmer, aus dem ich plötzlich ein leises Schluchzen vernehme. Stirnrunzelnd bleibe ich im Türrahmen stehen und das Schluchzen wird lauter, je näher ich dem Raum komme.

»Dad, bist du das?«, frage ich vorsichtig, aus Angst, ich könnte ihn verärgern. Sein blonder Haarschopf lugt hinter dem Sofa hervor, also gehe ich unsicher herüber.

Doch als ich sehe, weshalb er am Boden kniet, weiche ich panisch zurück. Da ist Blut. Überall Blut. Überall Schmerzen.

»Es war ein Unfall, Yuna«, erklärt er mir und stemmt sich hoch. Seine Fahne kann ich bis hierhin riechen, als ich mit dem Rücken gegen eine Kommode stoße.

Meine Augen blicken in ihre leblosen. Meine Hände greifen nach ihren leblosen. Mein Mund öffnet sich, so wie ihr lebloser.

»Mom«, wimmere ich und alle Emotionen brechen über mir ein. Ich zerfalle Stück für Stück, zerspringe, pralle auf dem Boden auf. Meine Knie schmerzen, so wie mein Herz, das donnernd in meiner Brust schlägt.

»Was hast du getan?« Blut klebt an seinen Händen, sein Hemd ist ebenfalls blutrot verfärbt. Alles zerfließt zu einem undurchsichtigen Wirrwarr aus Stimmen und Emotionen.

Mein Blick gleitet über das braune Haar meiner wunderschönen Mutter, vorbei an der Platzwunde an ihrer Schläfe, aus der unaufhörlich Blut rinnt.

»WAS HAST DU GETAN?« Ich schreie meinen Vater nie an, aber hier – mit diesem Bild vor meinen Augen – verliere ich alles.

Meine Fassung, meine Kontrolle. Einfach alles. Die letzten Jahre in seinen Klauen haben dafür gesorgt, dass sich ein Tornado in mir anbahnen konnte, der jetzt frei sein will.

Mein Vater sieht leblos zu der Leiche meiner Mutter und ich stemme mich hoch, um mich auf unseren teuren Glastisch zu übergeben. Mein Vater steht ebenfalls auf, will nach mir greifen, aber ich renne vor ihm weg. Will ihm nicht mehr nah sein.

»Yuna, das war ein Unfall«, versucht er, sich zu erklären. Doch ich glaube ihm nicht. Er hat sie getötet.

Und damit auch einen bedeutenden Teil von mir. Sie war der einzige Anker hier in dieser Hölle. Jetzt bin ich auf mich allein gestellt. »Ich ... hasse ... dich.«

DIE HÖHLE *des Löwen*

Ich sitze in meinem Wagen abseits der Villa, in der dieses Arschloch wohnt, und studiere den Grundriss des Gebäudes. Scott ist über die Freisprechanlage mit mir verbunden.

»Und? Kann ich rein?«, frage ich ihn, als ich mir sicher bin, dass ich den Plan im Kopf habe. Ich weiß, wo sich Bewegungsmelder befinden und wie ich ihnen ausweichen muss. Jetzt muss ich nur noch in diesen Palast kommen.

Die Villa ist gigantisch und ähnelt von außen dem Weißen Haus in DC. Ein hoher Zaun trennt den akkurat geschnittenen Rasen des Vorgartens von der Straße. Skulpturen nackter Frauen und Männer runden das Bild dieses Gebäudes ab.

»Moment noch«, murmelt Scott, in seine Arbeit vertieft. Des Öfteren frage ich mich, wie er zu dem Mann werden konnte, der er jetzt ist. Ob dieser Kerl überhaupt Familie hat?

Oder ist er genauso mutterseelenallein wie ich? Hätte ich eine verdammte Insel, würde ich mich glücklich schätzen.

»Die Überwachungskameras sind aus, du kannst jetzt gehen. Nimm dein Handy mit«, befiehlt er mir. Ich schalte den Motor ab, atme tief durch und verlasse anschließend den Wagen.

»Welchen Eingang soll ich nutzen?«, frage ich ihn leise, während das Knirschen der Kieselsteine unter meinen Schuhen alles überlagert.

»Den am Westflügel. Sag mir Bescheid, wenn du ihn erreicht hast.« Eilig gehe ich zum westlichen Part der Villa herüber, versuche dabei aber, keine Aufmerksamkeit auf mich zu ziehen.

Als ich den stählernen Zaun erreicht habe, bleibe ich stehen. »Ich glaube, ich bin da.« Mein Blick gleitet über dieses gigantische Haus. Ein Haus, das nicht zu Yuna passt. Ob sie wirklich hier ist? Es wundert mich nicht, dass sie nie ein Teil hiervon sein wollte.

»Siehst du die große Säule auf der rechten Seite?« Ich nicke, obwohl Scott mich nicht sehen kann, und murmle schließlich ein leises Ja in die Leitung.

»Tippe den fünften Stein von oben auf der linken Seite an«, befiehlt mir Scott, was mir ein Stirnrunzeln entlockt.

»Ich soll was?« Ungläubig blinzle ich gegen die Sonne an. Scott murmelt etwas, das ich nicht verstehen kann, weil ich in Gedanken gerade ganz woanders bin.

»Nun mach schon, Rage. Linke Seite, der fünfte Stein von oben. Tipp ihn an!« Er scheint gleich die Geduld zu verlieren, also lasse ich mich auf das Spiel ein, fahre mit meinen Fingern über die Steine, zähle sie ab und tippe den fünften leicht an. Ein leises Surren erklingt und Sekunden später wird ein Display ausgefahren. Automatisch weiche ich zurück.

»Was zur Hölle-«

»Rage, konzentriere dich! Siehst du das Zahlenfeld?« Meine Augen haften auf dem Display, das aus dem Nichts geschossen kam und jetzt drohend aufblinkt.

»Du hast nur wenige Sekunden, um den Code einzugeben!«, drängt Scott mich, also sammle ich mich und trete an das Display heran. »Schieß los.«

»Es ist eine Kombination aus Buchstaben und Ziffern. Also pass auf.« Ich verharre mit dem Finger über der kleinen Tastatur und tippe die Kombination von Scott eilig ein.

»Und jetzt drücke auf die grüne Taste.« Wie aufgetragen, betätige ich das grüne Feld und das Tor vor meiner Nase springt leise auf.

»Ich bin drin«, sage ich, euphorischer und somit auch lauter, als ich sollte. Ich will mich bei ihm bedanken, doch die Leitung ist in diesem Moment bereits unterbrochen. Eilig stopfe ich das Handy in meine Tasche, gehe gedanklich noch einmal den Grundriss durch und steuere die Eingangstür an. Vorbei an dem akkuraten Gras, den hässlichen Skulpturen und Figuren.

Und auch wenn ich nicht weiß, was mich erwartet, glaube ich, hier richtig zu sein. Yuna ist hier. Ich kann es spüren. Jetzt muss ich sie nur noch in diesem Labyrinth finden.

***

Im Haus schlägt mir das Herz bis zum Hals, das Adrenalin schießt durch meine Venen und mein Kopf zerbirst vor lauter Gedanken an das „was wäre, wenn …". Ich bin kein Mensch, der Angst hat. Ich habe schließlich nichts mehr zu verlieren. Und doch überkommt mich beim Gedanken an dieses Haus, in dem Yuna festgehalten wird, Übelkeit.

Innerlich gehe ich immer wieder den Plan durch, um mich nicht zu verraten, und steuere schließlich die obere Etage an. Da ich weiß, wo sich Yunas Zimmer befindet – woher Scott das weiß? Keine Ahnung! –, soll das mein Ziel sein.

Der Boden gibt knarzende Geräusche von sich und ich bleibe stocksteif stehen, um mich nicht zu verraten. Seine Köter würden mich eigenhändig zerquetschen, wenn sie mich hier entdecken. Und dann könnte ich Yuna nicht mehr helfen.

Nachdem ich mich beruhigt habe, öffne ich leise die Tür zu dem Raum, der ihrer sein soll. Sobald ich die Tür hinter mir wieder verschlossen habe, weiß ich, dass Scott recht hatte.

Alles hier erinnert mich an sie. Ihr Duft hängt in der Luft, doch er ist nicht so frisch, als wäre sie erst vor Kurzem hier gewesen. Eher so, als hätte Francis ihn mit aller Macht hier drin festhalten wollen.

Der Boden ist dunkel, die Wände blutrot ... Ein Schmunzeln überkommt mich, als ich an ihr Zimmer in der WG zurückdenke. Yunas Seele ist genauso schwarz wie meine, wenn nicht sogar noch dunkler. Tiefer. Abgründiger.

Mein Blick gleitet über ihr Bett, die akkurat sitzende Decke und die perfekt platzierten Kissen, die dieselbe Farbe tragen wie die Wände. Vorbei an einem kleinen Schminktisch ... Es ist, als wäre Yuna immer hier gewesen. Als hätte sie nichts hiervon mitgenommen, als sie ging.

Als mein Handy vibriert, erschrecke ich mich und nehme das Gespräch schnell an, um mich durch die Vibration nicht zu verraten.

»Was gibt es denn noch?«, flüstere ich Scott knurrend an.

»Sieh im Keller nach«, antwortet er wie aus der Pistole geschossen. Ich blicke mich um, bin aber zu meinem Glück noch nicht aufgeflogen.

»Im Keller?«

»Ja, Francis hat vor zwei Monaten ein neues Sicherheitsschloss im Keller einbauen lassen. Es könnte also sein, dass er sie dort festhält.« Allein beim Gedanken daran, dass er die Wahrheit sagen könnte, will ich diesem Wichser eigenhändig das Leben nehmen. »Wie lautet der Code?«, frage ich ihn wie ein gehetztes Tier. Doch Scott treibt ebenfalls gern Spielchen. Auch mit mir.

Ich weiß ja nicht einmal, wieso ich ihm überhaupt blind vertraue! Er könnte mich genauso gut direkt in seine Arme treiben, ohne mit der Wimper zu zucken. »Es ist der Geburtstag von Prinzessin Raven«, lacht er höhnisch.

»Und wann hat sie Geburtstag?«, knurre ich, weil wir an diesem Part noch nicht angekommen sind. Wir hatten andere Dinge zu besprechen, wenn wir gemeinsam im Club waren. Immerhin hatten wir Wichtigeres zu tun, wenn wir im Palast waren.

»Das musst du selbst herausfinden, Rage.« Und bevor ich etwas erwidern kann, wird die Leitung wieder knarzend unterbrochen.

»Fuck!« Ich raufe mir die Haare, stopfe das Handy zurück in die Jeans und renne panisch zum Flur. Ich muss in den Keller, auch wenn ich nicht weiß, was mich dort erwarten wird.

***

Dank des Grundrisses von Scott ist es ein Kinderspiel, die Treppe zu finden, die in den Keller führt. Gerade, als ich die letzten Stufen nehmen will, sehe ich einen Mann, der an der Tür lehnt und mich noch nicht bemerkt hat.

»Mir ist kalt«, ertönt plötzlich eine weibliche Stimme. Ihre Stimme. Ich bleibe abrupt stehen, um mich nicht zu verraten. Der Koloss vor mir zuckt lediglich mit den Schultern. Sein Blick gleitet nach links, sodass ich mir sicher bin, hier richtig zu sein. Yuna ist tatsächlich hier!

Ich greife in meine Jeans, zücke meine Waffe, schleiche mich die letzten Stufen herunter und donnere dem Mann die Knarre von hinten gegen die Schläfe. Auch wenn der Kerl sicher einhundert Kilo wiegt, fällt er durch den Schlag um wie ein Fliegengewicht.

Ich lasse den Fetten am Boden liegen, stopfe die Knarre zurück in meine Jeans und stürme in den Keller. Panisch blicke ich mich um, und als ich Yuna entdecke, die auf einem Bett liegt und an die Decke starrt, halte ich inne.

Sie befindet sich in einem Raum, der durch eine dicke Glaswand von meinem abgetrennt ist. Meine Augen wandern über die Möbel, vorbei an dem schwarzen Teppich und zurück zu der Frau auf dem Bett. Wie ein Puppenhaus aus Glas.

Auch wenn ich etwas sagen will, kann ich es nicht. Stattdessen stehe ich versteinert vor der Glasscheibe und sehe ihr zu. Sehe, dass sie in Gedanken woanders ist … an einem schöneren Ort. Es dauert einen Moment, bis ich mich fangen kann.

»Yuna«, flüstere ich, woraufhin sie aus ihrer Traumwelt gerissen wird und aufschreckt. Dunkle Schatten liegen unter ihren Augen, ein Tablett mit unberührtem Essen steht neben ihr. Sie ist erst seit einem Tag hier und doch sieht sie gezeichnet aus. Es sind nicht einmal vierundzwanzig Stunden vergangen und doch zogen sich die wenigen Stunden, seit ich in ihrer Wohnung stand, wie ein Kaugummi in die Länge.

»Rage?«, wispert sie und sieht mich an, als wäre ich nicht wirklich hier, um sie zu retten. »Träume ich?«, setzt sie noch stirnrunzelnd hinterher.

Ein Lächeln tritt auf mein Gesicht, als ich näher an die Glasscheibe trete, meine Hand in der Mitte platziere und mit den Schultern zucke, wie der Kerl am Eingang zuvor.

»Komm her und finde es heraus.« Meine Aufforderung sorgt dafür, dass sie aus ihrer Starre erwacht, vom Bett springt und auf mich zurennt.

So lange, bis sie von der Glaswand gestoppt wird. Ihre Hand wandert zu meiner, und selbst durch das Glas habe ich das Gefühl, sie zu spüren.

Fuck, was bin ich für ein Weichei geworden? Und doch kann ich nicht leugnen, dass ich Angst um sie hatte. Auch wenn sie nur wenige Stunden weg war, waren diese Stunden die Hölle.

Immer wieder musste ich an *sie* denken … an die einzige wichtige Frau in meinem Leben, die ich nicht retten konnte, weil ich zu spät war. Ich würde es mir nicht verzeihen, erneut zu spät zu sein. Nie. Wieder. Und auch wenn ich es nie für möglich gehalten hätte, habe ich mich an Yunas Anwesenheit im Club gewöhnt. Sie hat dem ätzend monotonen Alltag neues Feuer gegeben.

»Hol mich hier raus«, bittet sie mich krächzend, und ich frage mich, was dieser Wichser mit ihr vorhatte. Hier unten, abgeschottet von allem.

Dass Francis Raven ein Monster ist, wusste ich, aber ich hätte nicht gedacht, dass ihm das Leben seiner Tochter so egal sein würde. Der freie Wille eines Menschen scheint ihm nichts zu bedeuten.

Er hält sie hier unten wie einen beschissenen Tiger im Käfig. Und ich bin mir sicher, dass sich dieser Koloss, der hinter mir liegt, an ihrem Anblick ergötzt hat.

Mein Blick wandert zu der Tür links von mir, die durch einen Sicherheitscode versperrt ist. Ich nehme meine Hand vom Glas und gehe zur Tür herüber.

»Wann ist dein Geburtstag, kleiner Rabe?«, frage ich Yuna und fahre mit meinem Blick über den Riegel, der sie dort drin gefangen hält. Yuna runzelt abermals die Stirn, als sie auf der anderen Seite der Scheibe zu mir herüberkommt.

»Meinst du, es gibt keinen geeigneteren Moment, um mich besser kennenzulernen?« Ein Schmunzeln huscht über ihr Gesicht.

Sie trägt immer noch dieselben Klamotten, die ich ihr gestern auf dem Dach vom Leib gerissen habe. Noch jetzt bringen mich die Erinnerungen daran um den Verstand.

»Glaub mir, es gibt keinen besseren Augenblick«, kontere ich mit dunkler Stimme und sehe sie unbefangen an. Yuna nickt, als wüsste sie, dass ich recht habe. »Es ist der achte Dezember«, antwortet sie schließlich mit erröteten Wangen. Ich verliere mich einen Augenblick in ihren grauen Iriden, die so unfassbar müde aussehen, dass es mich schmerzt.

Sie war nicht einmal vierundzwanzig Stunden hier und doch will ich diesen Kerl büßen lassen, als wären es vierundzwanzig Jahre gewesen.

Vierundzwanzig Wege, ihm das Genick zu brechen, machen sich in mir breit. Vierundzwanzig Wege, ihm die Eier abzuschneiden und den Wölfen zum Fraß vorzuwerfen. Vierundzwanzig Tode. Einer brutaler als der andere.

»Ich merke es mir.« Mit diesem Versprechen tippe ich die vier Zahlen auf dem Display ein, sodass der Riegel aufspringt und die Tür sich automatisch öffnet. Ehe ich michs versehe, hat Yuna sich in meine Arme geschmissen. Sie presst ihre Wange dicht gegen meine Brust, und ich greife besitzergreifend in ihr wüstes Haar.

»Danke«, flüstert sie und man hört, dass sie ein Wimmern unterdrücken muss. Ihre Hände krallen sich in den Stoff meines Shirts, und auch wenn ich hier ewig so mit ihr stehen könnte, kann ich es nicht. Es wird nicht mehr lange dauern, bis der Kerl hinter mir wach wird und uns beide mit bloßen Händen zerquetscht.

»Du kannst mir später danken«, zwinkere ich ihr anzüglich zu, greife nach ihrer Hand und zerre sie zurück zur Treppe. Bevor wir verschwinden, verpasse ich dem Wichser am Boden noch einen Tritt gegen den Kiefer, damit er ein Abschiedsgeschenk von mir hat, wenn er wach wird. Er soll dafür büßen, dass er ihr nicht geholfen hat. »Ich bringe dich ins Auto.«

**

»Wo willst du hin? Lass uns verschwinden!« Yuna blickt sich panisch in den Straßen um, aber ich stoppe ihre Worte mit einem Kuss.

»Ich muss noch mal rein«, erkläre ich ihr ruhig, auch wenn mein Satz ihre Panik nur noch verstärkt. Ich greife um sie herum, öffne den Wagen und drücke sie bestimmend auf den Sitz.

»Warte hier auf mich, ich bin gleich zurück.« Mit diesem Versprechen schlage ich die Tür hinter mir zu, schließe den Wagen von außen ab und stürme zurück zur Villa.

Ich habe keine Ahnung, was ich mir von der Konfrontation erhoffe. Ich weiß nur, dass ich diesem Kerl gegenüberstehen muss, um mein Statement klarzumachen …

**

Da ich weiß, wo sich das Büro dieses Wichsers befindet, dauert es nicht lange, bis ich es gefunden habe und vor seiner Tür stehe.

Tief durchatmend, öffne ich sein Büro und trete in den Raum ein. Der Geruch von Zigarre steigt mir in die Nase, gemischt mit dem Duft nach Sex.

Ja, hier drin riecht es genau wie in dem Büro meines Bosses … Und es widert mich an, dass dieser Kerl der Vater von Yuna sein soll.

Es wundert mich nicht, dass hier drin keine Bodyguards lauern, schließlich ist die Villa wie ein Hochsicherheitstrakt. Niemand kommt hier ohne Weiteres rein. Niemand kommt hier ohne Scott rein.

Es dauert einen Moment, bis ich sehe, wieso zum Teufel es hier drin nach Sex riecht. Der Grund befindet sich auf einer lederbezogenen Couch zu meiner Rechten.

Francis liegt mit heruntergelassener Hose auf dem Sofa und lässt sich von einer blonden Barbie reiten. Knurrend gehe ich zu den beiden herüber, reiße die Schlampe von seinem Schwanz und zerre ihn von der Couch herunter.

»Wer zur Hölle-?« Francis Raven. Ich wusste, dass der Kerl hässlich ist, nur nicht, wie hässlich seine Aura wirklich ist. Reiner Spott liegt in meinem Blick, als ich meinen Speichel sammle und ihm ins Gesicht rotze.

»Wer zur Hölle ich bin?«, beende ich seinen Satz und ignoriere die Schlampe, die eilig ihren Tanga und ihren BH aufsammelt und aus dem Büro stolpert. Francis verschließt zitternd seine Hose und sieht mich knurrend an. »Ich weiß, wer du bist«, verkündet er zynisch. »Ich frage mich nur, was du hier zu suchen hast und wer dich hier reingelassen hat«, beendet er seinen Satz zischend.

»Das spielt keine Rolle.« Und mit diesem Satz donnere ich dem Wichser den ersten Faustschlag ins Gesicht. Ein Knacken ertönt, gefolgt von einem Keuchen, als das Blut aus seiner Nase rinnt. Ich automatisiere mich. Ausholen. Zuschlagen. Genießen.

»Was zur Hölle willst du von mir?«, schreit er mich an, wobei mir sein Blut ins Gesicht spritzt. Es interessiert mich nicht, dass der Kerl in meinen Händen Einfluss auf die gesamte Küste hat. Es geht mir regelrecht am Arsch vorbei. Selbst wenn er hiernach seine Köter auf mich hetzen wird, werde ich nicht stoppen.

Ausholen.

Zuschlagen.

Genießen.

Ausholen.

Zuschlagen.

Genießen.

Ein niemals endender Kreislauf der Befriedigung.

Am Ende kann Francis seine Augen nur noch schwer offen halten, Blut strömt aus seiner Nase und seinem Mund, verteilt sich auf seinem scheißteuren Hemd. Seine Haare hängen ihm in die Stirn und seine Lider flattern wild.

»Was habe ich dir getan?«, fragt er mich schwach, kann sich kaum noch auf den Beinen halten. Ich hole ein letztes Mal aus und donnere ihm meine Faust in den Magen, sodass er zu Boden geht.

Blut sammelt sich neben seinem Kopf. Und es befriedigt mich auf schreckliche Art und Weise, ihn halb tot am Boden liegen zu sehen.

»Es geht nicht darum, was du mir getan hast, sondern, was du ihr angetan hast«, antworte ich ihm, sammle erneut meinen Speichel und spucke ihn ihm ins Gesicht, sodass er sich mit seinem Blut vermischt.

»Was hast du mit ihr gemacht?«, fragt er mich, kann aber nicht einmal die Augen offen halten, um mich dabei anzusehen. Ich stehe über ihm, presse ihm die Sohle meines Stiefels gegen den Brustkorb und drücke zu.

»Ich lasse ihr ihren freien Willen. Und ich schwöre dir, wenn du sie noch einmal gegen ihren Willen hier festhältst, werde ich dich töten.«

Es ist keine Drohung, kein leeres Versprechen. Es ist lediglich die Wahrheit. Der Pisser zittert am ganzen Leib, niemand würde mehr den stolzen und mächtigen Mann in ihm sehen, den er sonst vor jedem in Atlanta verkörpert.

»Sie ist meine Tochter«, krächzt er, wobei neues Blut aus seiner Mundhöhle sickert. Ich beuge mich über ihn, packe ihn am Kragen und donnere seinen Kopf kraftvoll gegen den Boden.

»Merk dir meine Worte, Francis. Du hast vielleicht Macht und Geld. Letzteres habe ich auch. Aber du hast keine Kraft. Du bist schwach. Und am Ende des Tages kommt es immer nur auf Stärke und Verstand an. Etwas, das du nicht besitzt.«

Meine Hand gleitet zu seinem Kehlkopf, den ich mit einem Handgriff zusammendrücke, sodass er nach Luft japst. Vergeblich.

Ein glucksendes Geräusch entflieht seinen Lippen, das mich innerlich mit Ruhe erfüllt. Mit vollkommener Ruhe.

»Halte. Dich. Von. Ihr. Fern.« Ich lasse von seiner Kehle ab, verpasse ihm einen letzten Schlag ins Gesicht, stehe auf, wische mir sein Blut an den Jeans ab und kehre seinem leblosen Körper den Rücken zu.

Und es ist mir egal, ob er meine Message verstanden hat oder nicht. Wenn seine Köter kommen, werde ich jedem einzelnen von ihnen zeigen, wozu ich wirklich in der Lage bin. Ich werde jeden einzelnen töten, wenn es sein muss.

MEIN NEUES Zuhause

Ich zittere am ganzen Körper, als Rage kurze Zeit später die Villa verlässt. Den Ort, den ich verabscheue wie keinen anderen. Weil er Gefühle in mir wachruft, die ich in den letzten Monaten zu verdrängen versuchte. Vergeblich. Mich hier einzusperren, auch wenn es nur für wenige Stunden war, hat mich schlagartig zurück in meine Vergangenheit versetzt.

Eine Vergangenheit voller Schmerz. Voller Ängste. Und voller Sehnsucht nach der Frau, die mein Leben damals noch lebenswert machte.

Die mein Vater mit seinen Händen tötete, ohne mit der Wimper zu zucken. Ja, vielleicht liebte er sie wirklich, aber der Zorn in seinem Herzen war stärker.

Rage' Augen glühen selbst von Weitem, als er sich dem Wagen nähert. Sobald er auf der Fahrerseite angekommen ist, rapple ich mich auf dem Sitz auf und warte, bis er eingestiegen ist. Das Erste, was ich sehe, sind seine Hände. Von Blut beschmiert.

197

Mein Magen rumort, meine Schläfen pochen schmerzlich und meine Beine geben nach. Würde ich nicht sitzen, wäre ich längst zusammengebrochen.

»Rage?«, frage ich stotternd und fixiere die rote Farbe an seinen Händen, die sich zum Teil in kleinen Sprenkeln hoch zu seinen Ellbogen zieht.

Weil er mich nicht ansieht, umgreife ich mit letzter Kraft sein Handgelenk und zwinge ihn, mich anzusehen. Seine Augen sind starr und eiskalt. Seine Züge ebenfalls eingefroren.

»Was hast du getan?« Ich will nicht zittern, will nicht, dass er meine Angst mit bloßen Händen greifen kann. Und doch schaffe ich es nicht, sie vor ihm zu verschleiern. Hier mit ihm – vor diesem Gebäude – fühle ich mich hilflos wie ein kleines Kind. Erinnerungen überhäufen mich, rieseln auf mich nieder und überschwappen alles.

»Ich habe dafür gesorgt, dass er die Finger von dir lassen wird«, antwortet er stählern, als er den Wagen startet, rückwärts aus der Parklücke fährt und mit quietschenden Reifen von hier verschwindet.

Mein Blick gleitet zurück zur Villa, die ich hoffentlich das letzte Mal von innen gesehen habe. Vorbei an dem hohen Zaun, an dem akkurat geschnittenen Rasen, den perfekt in Form gesetzten Buchsbäumen und den teuren Statuen.

Ich kann nur hoffen, nie wieder herkommen zu müssen. Und doch kann ich nicht leugnen, dass mir seine Worte Schmerzen bereiten.

Dass ich Angst vor der Wahrheit habe. Rage war nur wenige Minuten weg, doch es braucht nur wenige Sekunden und einen gezielten Schuss, um jemandem das Leben zu nehmen.

Wer könnte das besser wissen als ich? Ich habe nicht nur einen Menschen sterben sehen. Ich habe meinem Vater zugesehen, wie er Männern das Leben nahm. Auf verschiedenste Art und Weise. Und jeder Tod war schlimmer als der vorherige. An oberster Stelle steht der Tod meiner Mutter, deren Schädel er zertrümmerte, weil sie ihm nicht gehorchte.

»Aber du hast ihn nicht …« Weil ich das Wort nicht aussprechen will, schlucke ich es herunter und sehe Rage abwartend an.

Seine Augen sind stur auf die Straße gerichtet, es ist mittlerweile schon später am Abend, sodass die Sonne sich zum Untergehen bereit macht. Eine Gänsehaut umspielt meinen Körper, die das Zittern mit sich bringt.

»Rage, du hast meinen Vater nicht umgebracht, oder?«, setze ich mit Nachdruck hinterher, weil er keine Anstalten macht, mir zu antworten.

»Ich hätte es tun sollen«, ist alles, was seine Lippen verlässt. Und auch wenn mich diese Tatsache nicht ruhig stimmen sollte, entspanne ich mich. Er hätte es tun sollen, aber er hat es nicht.

Ich weiß nicht, wieso ich dieses Monster auch noch verteidige, aber der Gedanke, als Waise durch die Welt zu gehen, bringt mich um.

Ich hasse meinen Vater für das, was er meiner Mutter angetan hat, aber ich kann mir ein Leben ganz ohne ihn und seine Kontrolle nicht vorstellen.

Dabei will ich doch nur eines: frei sein. Außerhalb seiner Ketten leben und zu mir selbst finden. Im Moment weiß ich nämlich nicht, wo mich mein Leben hinträgt.

Was ich aus mir machen soll. Welche Passion in mir steckt. Ja, ich liebe das Tanzen, aber ist es wirklich meine Leidenschaft?

Oder habe ich mich nur dafür entschieden, um meinen Vater auf die Palme zu bringen? Seit ich in den Club gehe, um mit Rage zu trainieren, gehe ich nicht mehr in den Unterricht bei Mrs. Smith.

Meistens lasse ich mir plumpe Ausreden einfallen, die sie mir nicht abnimmt. Und wenn ich ehrlich bin, trainiere ich lieber unter Rage' Blicken an der Stange. Es ist, als könnte sich mein Körper in seiner Gegenwart viel besser auf dieses Spiel einlassen.

»Danke«, sage ich plötzlich, in Gedanken versunken. Meine Hand liegt auf der kühlen Scheibe, die andere krallt sich in das Leder des Sitzes. Rage wirft mir ein Lächeln zu, das mir die Gänsehaut nimmt.

»Wie geht es jetzt weiter?«, setze ich noch hinterher, weil ich nicht weiß, was auf mich am Ende der Fahrt warten wird.

Wo will ich hin? Will ich überhaupt noch hierbleiben? Eines steht fest: Wenn ich mich künftig vor solchen Situationen schützen will, muss ich härter trainieren. Und es gibt keinen besseren Trainer als den Mann an meiner Seite.

Aber kann ich das wirklich durchziehen, ohne mein Herz an ihn zu verlieren? Mein Körper gehört längst ihm, er lechzt förmlich nach ihm. Doch was ist mit dem, was in mir steckt? Will ich mehr? Könnte Rage je mehr wollen?

»Ich bringe dich heim.« Mein Herz setzt aufgrund seiner Antwort aus. Ich sollte mich beim Gedanken an Maggy und mein Bett sicher fühlen, doch ich tue es nicht.

Stattdessen setzt das Zittern wieder ein. Mir ist klar, dass meine Freundin sich tierische Sorgen um mich machen muss, aber allein der Gedanke daran, jetzt in die WG zu gehen, bereitet mir Bauchschmerzen. An diese Decke zu starren. Allein meinen Gedanken ausgesetzt zu sein.

»Ich will nicht in die WG«, sage ich entschlossen, woraufhin Rage mir einen prüfenden Blick zuwirft. Seine Stirn liegt in Falten und es fällt mir schwer, nicht auf seine blutbeschmierten Hände zu sehen.

In gewisser Hinsicht ist das Blut an ihnen nämlich auch meines. Schließlich fließen seine Gene durch meine Venen. Ich werde für immer ein beschmutztes Stück sein. Mangelware. Weil ich seinen Namen und sein Blut in mir trage.

»Wo willst du sonst hin?« Rage kennt die Antwort bereits, ich kann es an dem Funkeln in seinen Augen sehen, das ihm die Härte nimmt.

Meine Mundwinkel zucken nach oben und das Zittern lässt endgültig nach. Mein Entschluss steht fest, auch wenn er falsch sein sollte. »Bring mich in den Club.« Ja, das ist der Ort, an dem ich sein will. Der Ort, an dem ich mich sicher fühle, so seltsam es auch sein mag ...

***

Sobald mich die stickige Luft des Clubs empfängt, entspanne ich mich. Meine Schultern sacken herunter, meine Lunge entlädt sich und ich lächle.

Wie zur Hölle konnte das passieren? Wie konnte sich dieser Ort zu einem Zuhause entwickeln? Liegt es wirklich nur an dem Mann, der seine Hand jetzt in meinen Rücken legt und mich durch den Flur führt?

Laute Schreie erfüllen den Gang, begleitet von den unterschwelligen Bässen der Musik. Ich kenne diese Mischung mittlerweile viel zu gut.

»Steigt heute ein Kampf?«, frage ich Rage interessiert und spähe beim Vorbeigehen in den Saal hinein. Nebel umgibt den Ring, in dem Rage bereits so oft stand. In dem so viel Blut vergossen wurde und so viel Geld folgte.

»Ja, aber nicht mit mir«, antwortet Rage dicht an meinem Ohr, sodass mir sein Atem eine Gänsehaut beschert. Der Druck in meinem Rücken wird stärker, als er noch etwas hinterhersetzt. »Ich werde in einem anderen Kampf gebraucht.«

***

Kaum fünf Minuten später weiß ich, was Rage mit seinem Satz meinte, als er seine Wohnung aufschließt, mich in die Dunkelheit führt und anschließend aufs Bett wirft.

Auch wenn mir die Glieder schmerzen, will ich es. Ich will ihm nah sein, ihm auf meine Art und Weise danken. Immerhin wäre ich immer noch in dem Keller der Villa, wenn er nicht gekommen wäre.

Rage schließt die Tür hinter sich schwungvoll, sodass mich aufgrund des Krachs ein Zucken heimsucht, das in meinen Zehen beginnt und in meinem Unterleib endet.

Wie ein Tiger schleicht er sich ans Bett heran, seine Augen ruhen derweil auf mir. Sein Gesicht liegt im Schatten, nur sein nackter Oberkörper, der zum Vorschein kommt, als er sich das Shirt abstreift, wird durch einen Lichtstrahl des Fensters erleuchtet.

Jeder Muskel an ihm harmoniert miteinander, wie bei einer Skulptur. Rage ist perfekt. Alles an ihm wirkt so einschüchternd. Und belebend zugleich.

»Willst du noch lange da rumstehen, oder willst du mir Gesellschaft leisten?«, frage ich ihn und vollführe einen schwungvollen Wimpernaufschlag. Alles in mir kribbelt beim Gedanken an das, was er mit mir vorhat.

Seine Augen geben einen Film für mich wieder. Ich sehe trotz der Dunkelheit, was er will. Kann die

Anspannung, die den Raum durchzieht, spüren. Auf mir. In mir.

Rage antwortet mir nicht, als er die Distanz überwindet, sich aufs Bett kniet, den Gürtel aus seinen Jeans zieht und meine Handgelenke damit anschließend zusammenbindet.

Ich schließe die Augen, warte auf das, was noch kommen wird. Nachdem er den Gürtel verschlossen hat, befestigt er ihn am Kopfende des Bettes, sodass ich bewegungsunfähig bin.

Das Leder des Gürtels schneidet sich in mein Fleisch. Und mir gefällt dieser bittere Schmerz, der sich wie eine Welle durch meinen Körper zieht.

Seine Hände greifen unter mein Top, das er mir nach oben über den Busen schiebt, sodass meine Brustwarzen freiliegen. Aufgrund der Intimität des Augenblickes werden sie Sekunden später hart.

Noch immer halte ich die Augen geschlossen. Ich genieße. Genieße es, dass ich seine Blicke auf meinem Körper spüre, wie sie sich in mein Innerstes brennen.

Nachdem er mit den Fingern über meinen Bauch gefahren ist, öffnet er meinen Rock und zieht ihn langsam nach unten.

Mein Slip folgt so schnell, dass ich mich nicht einmal darauf einstellen kann. Sekunden später liege ich nackt ans Bett gefesselt vor ihm. Und ich liebe es, ihm ausgeliefert zu sein.

»Du bist wunderschön, Yuna«, raunt er und sorgt dafür, dass die Gänsehaut mit einem Schlag zurückkehrt. Ich stehe in Flammen, winde mich unter ihm, kann mich aber Dank des Gürtels nicht rühren.

Mit jeder Bewegung schneidet sich das Leder tiefer in meine Haut. Es ist ein Spiel mit dem Feuer ... ein viel zu verführerisches Spiel.

Rage weiß, dass er mich verrückt macht, weil er mich nicht berührt. Weil es mir schon reicht, seine Blicke zu spüren, um feucht zu werden. Nässe sammelt sich zwischen meinen Beinen an meinem Zentrum, sodass ich die Schenkel dicht aneinanderpresse.

Doch Rage hat andere Pläne. Mit einem Satz hat er meine Knie auseinandergedrückt und seinen Mund auf meinen Kitzler gepresst.

Ein Keuchen durchfährt mich und entflieht schließlich meinen Lippen. Eine Mischung aus Schmerz und Sehnsucht bahnt sich in mir an, als ich mich wieder unter ihm winde.

Seine Zunge fährt langsam durch meine Schamlippen, bevor er mit ihr in mich eindringt und mich beinahe zum Platzen bringt. Schon von Beginn an wusste ich, dass dieser Mann ein Profi in diesem Gebiet ist. Er weiß, wie er eine Frau berühren muss, um ihr den Verstand zu rauben.

In diesem Moment fühle ich mich unerfahren. Als hätte ich noch nie diese Intimität mit einem Mann auf diese Art und Weise geteilt. Weil kein Mann zuvor sein Handwerk so gut beherrscht hat wie Rage.

Je drängender er seine Zunge in mich schiebt und je öfter sein Atem gegen meinen Kitzler stößt, desto willenloser werde ich. »Lass mich kommen«, bitte ich ihn, flehe ihn regelrecht an, mir diesen Orgasmus zu schenken. Ich will die Bilder vergessen, die sich in den letzten Stunden in mir breitgemacht haben.

Ich will den Gedanken an den Tod meiner Mutter vergessen. Nur für diese eine Nacht. Ein teuflisches Lachen erklingt, das mich noch haltloser macht.

»Rage, bitte lass mich kommen!« War es bis eben nur eine Bitte, ist es jetzt ein Befehl. Rage löst sich von meiner Mitte und beugt sich über mich, wobei seine Härte unter seinen Jeans gegen meine Scham stößt.

»Merk dir eines, Yuna«, flüstert er raunend. »Du kannst mir keine Befehle erteilen.« Sein letzter Satz gleicht einem Knurren, das mich noch weiter Richtung Himmel treibt. Ich halte derweil die Augen geschlossen, als ich höre, dass er seine Jeans öffnet.

Das, was danach passiert, passiert viel zu schnell. Ein Rascheln, gefolgt von einem Raunen. Sekunden später spüre ich seinen Schwanz an meiner Mitte.

Seine Spitze stößt gegen meinen Eingang, verteilt die Nässe auf mir und meiner zitternden Haut. Allein beim Gedanken an diese intime Situation könnte ich kommen. Aber ich will mit ihm in mir explodieren.

Erst dringt er nur flüchtig in mich ein. »Ich.« Er hält inne, bevor er tiefer in mich gleitet. »Entscheide.« Mit jedem Wort dehnt er mich, lässt mich den Himmel schmecken. »Wann.« Noch ein Stoß, der mich zum Wimmern bringt. »Du.« Wieder und wieder spanne ich meine Glieder an, weil mich seine Kontrolle um den

Verstand bringt. »Kommst.« Mit dem letzten Wort stößt er sich heftig vor, sodass er mich gänzlich ausfüllt.

Seine Hände umgreifen meine Hüften, die ich ihm nur allzu bereitwillig entgegenrecke. Wir verschmelzen miteinander, im selben Takt, in dem mein Herz gegen mein Brustbein schlägt.

Ich werfe den Kopf in den Nacken und genieße jede Rührung seinerseits. Genieße, wie sich unsere Körper aufeinander einstellen und zu eins werden.

Wie sich seine Finger in mein Fleisch bohren, während er mich ausfüllt. Ich spüre, dass meine Handgelenke bereits wund sind und doch denke ich nicht daran, stillzuhalten. Jeder Stoß treibt mich weiter an, gibt mir neue Kraft.

»Wie hast du mich gefunden?«, frage ich ihn plötzlich aus dem Zusammenhang gerissen. Rage hält kurz inne, bevor er sich der Länge nach in mich schiebt. Er verweilt in mir, streicht mein Haar zur Seite und beugt sich über mich, sodass mir sein Atem wieder so nah ist.

»Willst du die romantische oder die unromantische Antwort wissen?« Seine Stimme ist so dunkel, so einnehmend, dass ich nie wieder eine andere hören will. Dass ich mit dieser Stimme morgens wach werden und abends einschlafen will.

Fuck, verliebe ich mich gerade in diesen Mann? Tränen brennen in meinen Augen, weil ich es nicht verhindern kann ... dabei wollte ich nie wieder von einem Mann abhängig sein. Wollte mein Leben nicht mehr in die Hände eines anderen Menschen legen.

Hier und jetzt werde ich angreifbar. Für ihn und insgeheim auch für den Rest der Welt. Wenn ich ehrlich bin, weiß ich nicht, was es heißt, verliebt zu sein. Weil ich es noch nie war.

Ich hatte Affären, mehr nicht. Keine Gefühle, keine Sehnsucht. Da war immer nur Sex. Doch als ich in diesem Bett im Keller der Villa lag, habe ich immer wieder sein Gesicht vor Augen gesehen.

Habe mir vorgestellt, wo er gerade ist und ob er mich bereits sucht. Jetzt zu wissen, dass er mich gesucht und gefunden hat, lässt mich ihm noch verbundener fühlen. Das hier ist mehr als Sex.

Das hier geht weit über das Körperliche hinaus. Und ich sollte mich dagegen wehren, aber ich tue es nicht. Ich sollte bei Maggy und nicht bei ihm sein. In meinem Bett in der WG und nicht in seinem unter ihm liegen.

»Die romantische«, antworte ich schluckend und kann sein Lachen direkt unterhalb meines Ohrläppchens spüren. Vorsichtig bewegt er sich in mir und diese langsamen Bewegungen machen mich noch wahnsinniger.

Sekunden später durchzuckt mich der Orgasmus so quälend, dass ich mich am ganzen Körper anspanne.

Rage lehnt seine Stirn an meinen Hals und ich kann sein Herz unterhalb seiner Brust donnern spüren. »Nenn es Intuition.«

GIB MIR EIN PODEST
& ich tanze für dich

»Wie lautet eigentlich die unromantische Antwort?« Der Schweiß steht mir bereits auf der Stirn, während ich mich ein Stück zurückfallen lasse. Wir stehen gemeinsam im Ring und haben die Trainingshalle für uns allein.

Rage' Augen blitzen belustigt auf und seine Mundwinkel schnellen aufgrund meiner Frage in die Höhe. Er trägt lediglich seine Shorts und ein eng anliegendes Shirt, das jeden seiner Muskeln in Szene setzt. Ein Lachen sorgt dafür, dass seine Brust unter dem schwarzen Stoff zuckt.

»Willst du das wirklich wissen und dir die Illusion kaputt machen?«, fragt er mich grinsend, während er ausholt. In letzter Sekunde weiche ich ihm aus und lande stattdessen einen Treffer unterhalb seines Rippenbogens.

Ich weiß, dass meine Schläge nicht stark genug sind, um ihn ernsthaft zu verletzen, ich weiß aber auch, dass ich von Tag zu Tag besser werde.

Seit mich mein Vater hat verschleppen lassen, sind einige Tage und Nächte vergangen. Tage hier im Club und Nächte in seinem Bett. In der WG war ich nur einmal, um Maggy zu versichern, dass es mir gut geht.

Noch jetzt werde ich nachts von den Bildern meiner leblosen Mutter am Boden der Villa heimgesucht, als hätte mein Erzeuger alles wieder aufleben lassen. Und dabei will ich nichts sehnlicher, als zu vergessen.

»Nicht schlecht, Yuna. Aber nicht gut genug für mich«, knurrt Rage als Antwort auf meinen Treffer, stürzt sich auf mich und geht gemeinsam mit mir zu Boden. Er legt seine Knie neben meine Hüften und hält mich unter sich gefangen, während sich der kalte Beton in meinen Rücken bohrt. Ich winde mich unter ihm, bin aber zu schwach, um mich wirklich befreien zu können.

Seine Augen fixieren meine Lippen. Ob er will, dass ich ihn küsse? Doch gerade, als ich seine unausgesprochene Bitte erfüllen will, fährt sein Blick wieder hinauf zu meinen Augen.

»Woher wusstest du, wo du mich finden kannst?«, frage ich ihn mit stockendem Atem. Sein Gewicht über mir presst mich mit voller Kraft auf den Boden des Rings. Seine Brust hebt und senkt sich ruhig, meine hingegen reißt beinahe aus den Angeln.

»Ich war in der WG ... und Maggy hat mir die Adresse deines Vaters gegeben«, erklärt er mir mit ruhiger Stimme. Sie durchfährt mich jedes Mal wie ein Stromschlag.

Jedes. Einzelne. Mal. Wenn er in mir ist … und wenn er mich nachts in seinem Arm hält, als wäre das mein Platz auf dieser Welt.

Ist er das? Gehöre ich hier hin? In diesen Club? Mittlerweile glaube ich, zu wissen, dass ich mehr für ihn empfinde als körperliches Verlangen. Nur weiß er das noch nicht.

Rage beugt sich weiter über mich, sodass sein Atem mein Dekolleté streift und mich erzittern lässt. Ich trage lediglich einen Sport-BH, der nur die wichtigsten Stellen bedeckt. Meine Härchen stellen sich aufgrund der Nähe auf, recken sich ihm entgegen.

»Aber für mich war es Intuition«, setzt er schließlich noch hinterher und bringt mit seiner Antwort meine Welt abermals zum Wanken. Hin und wieder blitzt diese Seite an ihm durch. Die weiche, besorgte Seite. Ich bin mir ziemlich sicher, dass Rage einen weichen Kern hat, den er hinter diesem Namen und diesem Club versteckt.

Als sich seine Lippen meinen nähern, fallen meine Lider automatisch zu. Sekunden später erfüllt mich ein Kuss, der mich erschaudern lässt.

Sein Duft hüllt mich ein, lässt mich alles vergessen. Hier und jetzt zählt nur dieser Kuss. Stille herrscht im Raum, die im nächsten Augenblick bereits unterbrochen wird, als eine Tür aufspringt.

Rage hält inne, während mein Blick zur Tür gleitet, durch die der Mann stolziert kommt, der mich an meinem ersten Abend zum Tanzen zwang. Der Mann, dem der Palast hier gehört. Er trägt einen schwarzen Anzug, der seinen dunklen Blick noch einschüchternder macht.

»Rage, wir müssen reden«, sagt er hart, stellt sich an den Rand des Ringes, verstaut die Hände in den Taschen und sieht mich hämisch an. Rage steht auf und reicht mir seine Hand, um mir aufzuhelfen.

»Kann das nicht warten? Wir sind im Training«, antwortet er scharf und lässt meine Hand derweil nicht los. Als wolle er diesem Mann zeigen, dass ich ihm gehöre. Dass ich sein Eigentum bin und er mich nicht anrühren solle.

Jedes Mal, wenn ich Victor begegne, kann ich in seinen Augen sehen, dass er mich will. Dass er wissen will, wie es wäre, mich zu ficken. Lieber würde ich sterben …

»Das hat man gerade gesehen.« Ein sarkastisches Lachen bahnt sich in seiner Stimme an, das verstummt, als er fortfährt.

»Können wir unter vier Augen reden?« Mit einem Augenzwinkern gibt er Rage zu verstehen, dass er mit ihm in sein Büro gehen will. Aber er denkt nicht einmal daran, von meiner Hand abzulassen.

»Was du mir zu sagen hast, kannst du auch vor ihr sagen. Was gibt es?« Ich kann mir ein Schmunzeln nicht verkneifen, das aufgrund von Victors steinigem Blick sofort erstarrt.

»Okay, wie du willst.« Victor steigt in den Ring, sodass der ganze Raum durch seine erdrückende Aura erfüllt wird. Ich habe schon vielen Monstern gegenübergestanden, aber dieser Mann spielt in einer anderen Liga.

»Es geht um den Kampf, den Darryl eingefordert hat«, beginnt er und seine grellweißen Zähne blitzen auf. Rage' Miene verrät nichts über das, was er denkt.

»Er findet heute Abend statt«, verkündet Victor in die Hände klatschend. Die Dollarzeichen blitzen schon in seinen Augen auf, man kann sie regelrecht strahlen sehen.

»Gegen wen?«, ist alles, was Rage erwidert.

»Danger. Du weißt, dass du ihn schlagen kannst, auch wenn er Darryls bester Mann ist.« Allein der Name bringt mich zum Erzittern, während man Rage nichts anmerkt. Entweder er ist gut im Überspielen oder dieser Danger ist nicht so gefährlich wie sein Name selbst.

»Versau es nicht, Rage. Der Kampf ist wichtig.« Die Art und Weise, wie er das letzte Wort ausspricht, gefällt mir nicht.

Etwas an diesem Kampf ist anders. Die Frage ist nur: Was? Ohne, dass er auf Rage' Antwort wartet, macht Victor kehrt und verlässt anmutig den Ring.

Ein mulmiges Gefühl macht sich in mir breit, das sich mit dem Donnern meines Herzens nur noch verstärkt. Dieser Abend wird anders. Und ich habe Angst vor dieser Veränderung.

***

Vor dem Kampf sitze ich auf Rage' Bett und starre ins Nichts. Er trainiert im Ring, um sich auf den Kampf vorzubereiten, und weil ich ihn nicht ablenken wollte, habe ich mich in seine „Wohnung" verzogen. Wieso er wohl hier lebt? Ich weiß, dass er keine Familie mehr hat, aber es muss doch eine Frau in seinem Leben gegeben haben …

Gerade, als ich mein Handy zücken und Maggy schreiben will, wird die Tür aufgerissen. Ich erwarte schon Rage, der schweißgebadet die Wohnung betritt, werde aber auf den Boden der Tatsachen geschmissen, als ich sehe, wer sich stattdessen vor mir aufbaut.

»Du musst heute die eins übernehmen.« Kikis wilde Locken sind heute zu einem strengen Zopf nach hinten geflochten, er verläuft direkt an der Kopfhaut entlang und sorgt dafür, dass sie noch böswilliger aussieht als ohnehin schon. In der Hand hält sie einen schwarzen Karton, den sie mir aufs Bett schleudert.

»Ich muss was?« Ungläubig nehme ich den Karton an mich und spähe hinein. Zum Vorschein kommen weiße Dessous und zwei passende weiße Engelsflügel.

»Victor will dich heute tanzen sehen«, sagt sie und sieht mich starr an. Sie ist bereits für den Kampf gestylt, sie trägt lediglich Unterwäsche aus Netz, sodass man alles sehen kann. Wirklich alles.

»Ich tanze nicht mehr.« Was bildet sich dieses Weib eigentlich ein, mir Aufgaben zu erteilen? Jeder im Club weiß, dass ich nicht Victors Marionette bin. Dass ich aus freien Stücken hier bin. Bei Rage.

Kiki strafft die Schultern, wobei sie ihren Ausschnitt provokant vorschiebt und auf mich zustolziert. Am Bett angekommen, setzt sie sich auf meinen Schoß, sodass ihre Knie neben meinem Po liegen und sie mich genau ansehen kann. Umgehend will ich sie von mir schubsen, doch sie ist immer noch stärker als ich und bleibt standhaft.

Sie legt ihre Hand unter mein Kinn und hebt es leicht an. Ihr süßer Duft hüllt mich ein, vernebelt meinen Verstand vollkommen. Allein beim Gedanken daran, wie oft sie so auf Rage' Schoß saß, wird mir speiübel.

»Es geht hier nicht mehr darum, was du willst, Prinzessin«, zischt sie. »Wenn du heute nicht tanzt, könnte es für Riley gefährlich werden, hörst du?« Ihre anfänglich kratzige Stimme verwandelt sich in eine weiche. Stirnrunzelnd sehe ich sie an.

»Riley?«

»Kennst du seinen Namen etwa immer noch nicht?«, schnalzt sie mit der Zunge und ist mir weiterhin so nah, dass ich ihren nackten Körper überall an mir spüre.

»Wovon zum Teufel sprichst du?«, fahre ich sie an und schaffe es endlich, sie von mir zu stoßen, sodass sie in ihren hohen High Heels davontaumelt. Sie legt ihren Kopf schief und grinst mich hämisch an.

»Ich wusste, dass er dich nur zum Ficken braucht.«
Ihr Säuseln sorgt dafür, dass Galle in mir hochkocht.
Nur schwer widerstehe ich dem Drang, ihr dieses
Grinsen aus dem Gesicht zu schlagen.

»Der Kampf heute Abend ist wichtig. Und wenn du
nicht willst, dass Darryl den Kopf deines Helden als
Wanddekoration mit nach Hause nimmt«, giftet sie
mich an. »Dann. Solltest. Du. Tanzen.«

Ehe ich sie fragen kann, was sie damit meint und
wer dieser Darryl überhaupt ist, hat sie die Wohnung
bereits verlassen, und alles, was zurückbleibt, ist ihr
Duft.

Meine Schultern zittern, ebenso wie meine Finger,
die über den Stoff der Engelsflügel gleiten. Ich werde
für sie tanzen, auch wenn ich mir geschworen hatte, es
nie wieder zu tun.

***

Die Stimmung im Saal ist elektrisierender denn je. Es
scheint, als wäre die gesamte Stadt hergekommen, um
dem Kampf zwischen Rage und Danger beizuwohnen.

Wer dieser Danger wohl ist? Ich habe weder von
ihm noch von diesem Darryl je etwas gehört. Und
dabei dachte ich, die namhaften Männer durch meinen
Vater bereits zu kennen.

Ich straffe die Schultern und ignoriere das Kratzen
der Flügel an meinem Rücken, als ich von einem der
Securitys zu den Podesten geführt werde.

Die Lichter tanzen durch den Saal, vorbei an den zahlreichen Menschen unter uns, hin zu dem noch leeren Ring.

Leute stoßen miteinander an und zeigen auf mich, als ich mit wackeligen Beinen das Podest betrete, auf dem ich vor einigen Wochen das erste und einzige Mal stand.

Es ist, als würde ich zwei Schritte vorwärts und gleichzeitig drei zurückgehen. Wie konnte ich nur wieder hier landen? Der Kerl, der mich hergeführt hat, baut sich hinter mir auf, sodass ich nicht einmal die Chance habe, vor Beginn des Kampfes zu flüchten.

»Fuck«, murmle ich und lasse meinen Blick über die anderen Podeste schweifen. Kiki steht dieses Mal nicht auf der zehn, sondern auf der drei, rechts von mir. Die anderen Frauen kenne ich nur vom Sehen.

Meine Augen fahren über die einzelnen Podeste, bis ich wieder an der Nummer zehn hängen bleibe, die bis eben noch leer war. Jetzt wird eine Frau zum Podest geführt, die sich gegen den Mann in ihrem Rücken wehrt.

Sie wird beinahe kraftvoll auf das Podest gestoßen, das bedrohlich zu wanken beginnt. Ich fahre über ihren Körper, ihren durchtrainierten Bauch, hoch zu ihrem pinken Haar. Moment … ich kenne diese Farbe. Ich kenne diesen Körper. Kenne diese Gesichtszüge.

»Maggy?«, entflieht meinen Lippen, und als die Frau ihren Kopf hebt, kann ich in die Augen meiner besten Freundin sehen. Tränen schimmern in ihnen, doch sie scheint mich nicht einmal zu bemerken. Bevor ich sie rufen kann, setzt laute Musik ein, die alles überschattet. Gefolgt von einem tosenden Applaus.

»Maggy!«, kreische ich und falle beinahe vom Podest. In letzter Sekunde kann ich mich an den Ketten festhalten, die mich vor dem Fall in die Tiefe retten.

Panisch blicke ich zwischen meiner Freundin und dem Mann in meinem Rücken hin und her, will ihr helfen, aber ich kann es nicht. Ich stecke in der Falle. Ohne Rage.

»Maggy«, wiederhole ich mit Tränen in den Augen, die jetzt über meine Wangen rinnen. Was zur Hölle macht sie hier? Wie zum Teufel ist sie hergekommen?

Qual liegt auf ihrem Gesicht, als die Stimmung im Saal weiter angeheizt wird. Ich wusste, dass dieser Kampf anders werden würde. In diesem Moment wünsche ich mir, ich wäre niemals hergekommen. Ja, in diesem Augenblick wünsche ich mir, ich hätte Rage und diesen Club nie kennengelernt.

DER FINALE
Kampf

Es ist das gefühlt eintausendste Mal, dass ich den Weg vom VIP-Bereich zum Saal gehe. Dass ich den Saal betrete und die Menschen meinen Namen schreien. Es ist das gefühlt eintausendste Mal, dass ich das Adrenalin in meine Venen pumpen spüre, während ich den Ring betrete.

Eintausend Schritte, eintausend Male. Und doch fühlt es sich dieses Mal anders an. So endgültig. Vielleicht ist es das auch. Vielleicht bin ich es satt, Victors Marionette zu sein.

Mit dem Geld, das ich in den letzten Jahren verdient habe, könnte ich mir längst ein neues Leben aufbauen. Aber will ich das? Ein gewöhnliches Leben?

Früher, als meine Mutter noch bei uns und meine Schwester noch am Leben war, wollte ich nichts lieber. Jetzt weiß ich die Antwort darauf nicht mehr.

Immerhin gehöre ich hier in den Ring. Gehöre in den Club. Das Kämpfen ist wie das Atmen für mich. Das Blut ist mein Sauerstoff, die Schreie mein Antrieb.

Die Menschen schreien weiterhin meinen Namen, als ich im Ring ankomme und meinem Gegner für den Abend gegenüberstehe. Danger. Allein dieser Name ist lächerlich. Von seiner Visage mal ganz abgesehen.

Der Kerl hat blondes, kurz geschorenes Haar, blaue Augen und ein schiefes Lächeln. Und auch wenn er mir körperlich vielleicht das Wasser reichen kann, sieht man ihm seine Dummheit regelrecht an.

Ich blicke mich um und halte nach Yuna Ausschau, erwarte sie am Rand des Ringes, finde sie aber nirgends. Victor, der mit dem Mikro ebenfalls im Ring steht, räuspert sich und sieht mich an.

»Deine Kleine hat sich dazu entschieden – zur Feier des Kampfes – für euch zu tanzen«, sagt er und deutet nach oben auf die Podeste.

Mein Herz schlägt fordernd in meiner Brust, als ich Yuna tatsächlich auf dem ersten Podest entdecke. Die Menge grölt ihren Namen, während ich meine Fassung verliere. Es ist mir egal, dass der Mann vor mir mein Boss ist. Ich stürme auf ihn zu und packe ihn am Kragen.

»Was soll das? Ich habe dir gesagt, dass ich dich umbringe, wenn du sie anfasst!« Meine Drohung geht nicht spurlos an ihm vorbei, doch als ich von zwei weiteren Männern zurückgezogen werde, bin ich machtlos. Mit einem könnte ich es aufnehmen, aber nicht mit zweien. »Sie ist freiwillig da oben. Oder, Schätzchen?«

Victor wirft einen Blick nach oben zu ihr. Sie steht auf dem wackeligen Podest, ihre Augen blicken sich panisch im Raum um. Bis sie meinen begegnet. Die Angst in ihren Augen genügt als Antwort. Sie ist nicht freiwillig dort oben.

»Du Wichser«, schreie ich meinen Boss über das Gegröle hinweg an, doch er lässt sich davon nicht beeindrucken.

Ich will mich schon von den Kerlen losreißen und Yuna von hier wegbringen, als ein zweiter Mann auf der Bildfläche auftaucht. Unter eintausend Teufeln ist er der einzige, der mich zum Erstarren bringt.

Seine dunklen Augen funkeln belustigt auf, alles an ihm strahlt Gefahr aus. So lange habe ich mich darauf gefreut, mich an ihm zu rächen. Jetzt verblasst all das.

»Darryl«, begrüße ich ihn knurrend. Er verneigt sich provokant vor mir, entreißt Victor das Mikrofon und lässt seinen Blick durch die Menge schweifen.

Darryl gehört zu den übelsten Kerlen des Landes. Wenn wir der Abschaum Atlantas sind, ist er der Abschaum ganz Amerikas.

Der Pate ist ein Scheiß gegen diesen Tyrannen. Immer wieder versetzt er die Menschen um sich herum in Schrecken, doch bis jetzt habe ich ihm noch nie von Mann zu Mann gegenübergestanden.

»Schön, dich kennenzulernen, Rage. Du siehst deiner Schwester verblüffend ähnlich. Wie hieß die Kleine noch gleich? Amy?«, begrüßt er mich mit einem spitzen Lachen, das die Menschen grölen lässt. Immer wieder wandert mein Blick nach oben zu Yuna, während ich versuche, seine Anspielungen an den Tod meiner Schwester auszublenden.

Also konzentriere ich mich auf die Frau, die jetzt oberste Priorität hat. Selten hat sie so verängstigt ausgesehen wie in diesem Moment. Selten stand ihr die Panik so dominant ins Gesicht geschrieben.

»Ladys and Gentlemen, heute ist der Abend aller Abende«, verkündet er und macht eine ausladende Handbewegung, die die Menschen erneut in Applaus versetzt. Darryl ist vielleicht eine Handbreit größer als ich, trägt einen grauen Anzug und ein kaltes Lächeln auf den Lippen.

»Heute, meine Damen und Herren, gibt es das erste Mal einen Kampf der ganz besonderen Art.« Eines muss ich diesem Pisser lassen: Er versteht, was es heißt, jemanden auf die Folter zu spannen. Das Publikum heizt sich gegenseitig auf, die Stimmung ist zum Zerreißen angespannt.

»Das erste Mal in der Geschichte des Palastes gibt es einen Kampf um Leben und Tod.« Die Adern treten an seinem Hals hervor, als er diese Worte in den Saal schreit.

Doch anstatt damit die Stimmung weiter voranzutreiben, verstummt der Applaus. Ein leises Raunen zieht durch die Reihen, als Darryl mich mit seinen Augen fixiert.

»Nur einer der beiden Männer wird den Ring hier lebend verlassen, auf den anderen wartet draußen bereits der Leichentransport.«

Ein spöttisches Lachen mischt sich unter seine stählerne Stimme. Die Männer halten mich immer noch zurück, damit ich nicht auf die Idee komme, ihm dieses Lachen aus dem Gesicht zu schlagen.

Ein Blick zu meinem Gegner zeigt mir, dass er wusste, worauf er sich hier einlässt. Und auch Victors Augen sprechen Bände. Er wusste es. Er wusste es und hat mir nichts gesagt. Alles, was er sagte, war, dass der Kampf wichtig sei. In diesem Moment wäre ich bereit, beide zu töten.

»Und weil mir das Ganze noch nicht spannend genug ist, wird es einen kleinen, aber entscheidenden Wetteinsatz geben!«, fährt er fort, tritt auf mich zu und klopft mir beinahe brüderlich auf die Schulter. Alles, was mir entflieht, ist ein Knurren.

»Also, Rage«, säuselt er, direkt an meinem Ohr, sodass ich seinen penetranten Geruch in der Nase habe, der mich husten lässt. Noch immer liegt seine Hand auf meiner Schulter.

»Solltest du verlieren, stirbst du.« Ich spüre Hass in mir aufkeimen, den ich noch nie in meinem Leben verspürt habe.

Dabei weiß ich längst, dass der Mann vor mir ein Monster ist. Dass er es liebt, Menschen auf die schlimmste Art und Weise zu quälen. Dass er es liebt, aus Menschen Puppen zu machen.

»Und um dem Ganzen noch ein wenig Feuer zu verleihen: Wenn du gewinnst, stirbt nicht nur dein Gegner, sondern auch deine kleine Schlampe da oben.« Darryl deutet mit seinem Mikrofon auf Yuna, die in ihrer Position erstarrt.

Ich entreiße mich aus dem Griff der Kerle, sammle all meine Kraft und lande einen Schlag in Darryls Visage. Blut rinnt aus seiner Nase, das er sich an seinem Jackettärmel abwischt.

»Was habe ich dir getan?«, schreie ich ihn an und will ein zweites Mal auf ihn einschlagen, als ich erneut zurückgerissen werde. Sein Blut tropft auf den Boden des Ringes, als er mit den Schultern zuckt.

»Nichts, die normalen Spielregeln langweilen mich nur.« Er sieht mich so gelassen an, dass die Wut in mir noch stärker hochkocht.

»Also: Verlierst du, stirbst du. Gewinnst du, stirbt sie. Ganz einfach. Am Ende dieses Kampfes werden wir mindestens eine Leiche haben, jetzt liegt es an dir, zu entscheiden, wer unter der Erde verrotten wird.« Ich blende alles um mich herum aus, nur noch seine Worte zählen.

Seine Worte und ihre Stimme, die von oben verzweifelt meinen Namen ruft. Mein Blick ist starr auf die Mitte des Rings geheftet. Innerlich suche ich nach einem Ausweg, aber ich weiß, dass es keinen gibt. Wenn du einmal den Ring betreten hast, wirst du ihn nicht verlassen, ehe du gekämpft hast. Blut rauscht in meinen Ohren, meine Beine werden steif und mein

Herz schlägt mir bis zum Hals. »Das wirst du bereuen«, schreie ich Darryl erneut an, als ich aus meiner Starre entkomme und ihm wieder ins Gesicht sehe.

»Falls du nicht auf dem Scheiterhaufen landest, Rage. Ticktack, die Zeit rennt.« Und mit diesem Satz lässt Darryl das Mikrofon zu Boden fallen, an dem es knackende Geräusche von sich gibt.

Das Publikum erwacht aus seiner Starre, feuert mich an, weil es nicht will, dass ich sterbe. Haben sie diesem Pisser nicht zugehört?

Doch, das haben sie. Ihnen ist Yunas Leben schlichtweg egal. Mir nicht. Ich spiele die verschiedenen Szenarien durch, höre dabei über die Musik hinweg immer wieder, wie sie meinen Namen schreit. Verzweifelt. Einsam. Verängstigt.

Der mir allzu bekannte Countdown ertönt, und als der Kampf offiziell als gestartet gilt, stürzt Danger sich auf mich. Gekonnt weiche ich zur Seite, blende alles aus, nur diesen Kampf nicht. Es muss einen Ausweg aus dieser Hölle geben. Den muss es einfach … Aber ich kenne den Weg nicht.

Mein Blick wandert nach oben zu Yuna, die sich an der Kette des Podestes festkrallt und meinen Namen ruft. Aus ganzer Kehle schreit sie nach mir. Und es zerbricht mir das Herz, sie so zu sehen.

»Es tut mir leid, Yuna«, flüstere ich nach oben. Ich sehe sie an. Ein letztes Mal. Verliere mich ein letztes Mal in ihren grauen Augen. Und dann widme ich mich dem Kampf, der das Ende von allem besiegeln soll.

YUNA

KÄMPFE *für mich*

Mehr als einmal war ich dem Tod nahe. Mehr als einmal habe ich den freien Fall spüren müssen. Doch nie war mein Tod so greifbar wie in diesem Moment.

Mein Blick wandert von Maggy, die mich endlich entdeckt hat und mich panisch ansieht, zu Rage, der im Ring steht und seine Fäuste sprechen lässt. Selbst auf die Entfernung kann ich seinen inneren Konflikt sehen. Er versucht, einen Weg zu finden, uns beide zu retten.

Doch den gibt es nicht. Einer von uns wird heute in dieser Halle sein Leben lassen, und ich kann mir denken, wer das sein wird.

Tränen rinnen unaufhörlich über meine Wangen, meine Knie zittern und ich sinke auf dem wackelnden Podest zu Boden.

Meine Kehle ist staubbenetzt, meine Augen brennen und ich keuche, weil ich Luft brauche. Doch die Luft in dieser Halle ist verseucht, mit jedem Atemzug gleite ich dem Tod näher.

Meine Augen fahren über den Mann, dessen Hände mein Schicksal tragen. Die Hände, die entscheiden, ob ich sterbe oder lebe. Wieso sollte er mich retten? Wir kennen uns kaum. Und auch wenn es völlig geisteskrank klingt, will ich, dass er diesen Kampf gewinnt.

Allein der Gedanke daran, er könnte sein Leben meinetwegen lassen, bringt mich ohnehin ins Grab. So hat wenigstens einer von uns die Chance, weiterzumachen.

Ich zittere am ganzen Körper, schlinge die Arme um meine Brust und wiege mich sachte vor und zurück. Die Stahlketten, mit denen das Podest an der Decke angebracht ist, quietschen bedrohlich auf, im selben Takt, in dem mein Herz schlägt.

Mit jedem Schlag geht ein Stich einher. Mit jedem Stich ein weiterer Funken Angst. Und am Ende der Angst steht Rage.

Der Mann, der all das beenden kann. Ich bin zu schwach, mich wieder aufzustellen, also bleibe ich einfach an Ort und Stelle sitzen.

Sehne mich nach den tröstenden Worten meiner Mutter, nach ihren warmen Umarmungen und den Küssen, die mich Nacht für Nacht in den Schlaf trugen. Sie sind weg, und alles, was übrig bleibt, ist Eiseskälte.

Mein Blick wandert zu der Leinwand, auf der ich mich selbst sehen kann. Wie ein Häufchen Elend sitze ich auf dem Podest, alle Blicke ruhen auf mir.

Ich kann ihre Stimmen hören, sie kriechen zu mir herauf, umgeben mich wie ein hässliches Kleid aus Vorwürfen.

Sie denken, dass ich bereits aufgegeben habe. Dass die Tochter von Francis Raven schwach ist. Und das bin ich. Sie haben recht. Damals habe ich alles darangesetzt, stark zu sein. Das auszustrahlen, was mein Vater von mir verlangt hat.

Immer wieder blicke ich zu Maggy rüber, die mit Tränen in den Augen auf der gegenüberliegenden Seite steht und meinen Namen ruft.

Hinter ihr steht noch immer der Koloss, der ihr bei jedem Schrei einen Hieb mit der Gerte verpasst, sodass das Schreien nach meinem Namen verstummt. Ich würde ihr so gern helfen, aber ich kann mich nicht mehr bewegen.

Ich stehe im Zwiespalt. Auf der einen Seite steht meine beste Freundin. Gedemütigt. Verlassen. Verstört. Auf der anderen Seite ist da Rage. Ein Mann, ohne den ich vermutlich schon längst tot wäre. Nur seinetwegen bin ich noch hier. Nur seinetwegen atme ich noch.

Immer wieder gleitet sein Blick zu mir, ich kann seine stechenden Augen auf meiner Haut spüren. Anstatt ihn ebenfalls anzusehen, schließe ich die Lider.

Wünsche mich in eine Welt, in der es diesen Club nicht gibt. In der es nur Gutes gibt. Keine Morde, keine Monster, keine Waffen. Einfach nur Frieden und Rage.

Ich wiege mich weiter vor und zurück, während ich meine Nägel in das Fleisch meiner Oberarme bohre, bis das Blut aus den frischen Wunden quillt.

Es rinnt über meine Arme, passiert meine Ellbogen und landet schließlich tropfend auf meinen nackten Oberschenkeln. Kleine Sprenkel verzieren den weißen Stoff der Dessous, die ich trage.

Ich will nicht hinsehen. Will nicht sehen, wie Rage sich für sich und gegen mich entscheidet. Trotzdem kann ich es nicht länger verhindern, schlage die Lider auf und blicke zum Ring. Die beiden sind körperlich auf einer Ebene. Beiden gelingen Schläge, doch niemand von ihnen geht zu Boden.

Blut benetzt bereits den Grund des Rings, und von meiner Position aus kann ich nicht einmal erkennen, wessen Blut den Beton verschmutzt. Ob es Dangers oder Rage' ist. Welche Geschichte es erzählt …

Mein Innerstes will schreien, will ihm sagen, dass es okay ist, wenn er sich für sich selbst entscheidet. Dass ich ihm verzeihen werde, wenn er sein Leben über meines setzt.

Denn am Ende des Tages ist der eigene Überlebenswille größer als der Wunsch nach Rettung. Nur bei mir ist es anders. Ich würde, ohne zu zögern, sein Leben retten und meines dabei opfern.

Wieder und wieder bohre ich meine Finger in die offenen Wunden, genieße den Schmerz, der mich ein allerletztes Mal lebendig fühlen lässt.

Da ich mich nicht vom Fleck rühre, kommt das Podest allmählich zum Stillstand, sodass das Quietschen der Ketten verstummt.

Dafür höre ich das Blut noch lauter durch meine Adern rauschen, ein letztes Mal. Ich blicke zu Maggy herüber, verliere mich in ihrem hübschen Gesicht. Zum letzten Mal.

Ich sauge die Luft ein, auch wenn sie verseucht ist. Sterben werde ich ohnehin. Vielleicht macht es das Ganze einfacher. Schmerzloser.

Die Menge, die nach der Ansage dieses Monsters verstummt war, ist wieder zum Leben erwacht. Menschen schreien seinen Namen, feuern ihn an, klatschen wild in die Hände.

Ich riskiere einen Blick zum Kampf und spüre ein Ziehen in meiner Brust. Alles geht so langsam. So quälend langsam, als würde jemand wollen, dass ich es in Zeitlupe mit ansehe. Dass ich kein Detail verpasse.

Rage' Augen liegen auf mir, ich will schreien, will ihm sagen, dass er sich konzentrieren muss, aber ich bin zu spät. Sekunden später trifft ihn die Faust seines Gegners so fest, dass er zu Boden geht. Danger beugt sich über ihn, holt aus, schlägt zu.

Ein niemals endender Kreislauf entsteht. Die Stimmen und Rufe des Publikums geraten in Vergessenheit, als ich an den Rand des Podestes robbe und mich an den Ketten festhalte, die jetzt wieder diese ätzenden Geräusche von sich geben.

Die Hand des Gegners holt aus, schlägt zu. Holt aus, schlägt zu. Holt aus, schlägt zu. Blut spritzt auf den Boden und der Schrei in meiner Kehle erstickt mich beinahe. Ich hole japsend Luft, schreie etwas, das ich selbst nicht entziffern kann.

»Rage«, entflieht meinen Lippen so laut, dass die Augen der Menschen wieder auf mir ruhen. Weitere Tränen rinnen über mein Gesicht, vermischen sich mit dem Blut, das weiterhin aus meinen Wunden tropft.

Rage liegt am Boden, hat keine Chance, sich unter diesem Berg aus Muskeln zu winden oder zu befreien. Dafür hat er schon zu viele Hiebe einstecken müssen. Im Training dachte ich immer, ihm könnte nie jemand etwas anhaben, aber sein Gegner ist anders als die anderen.

»Rage, kämpfe!« Meine Worte schrillen durch den Raum, übertönen selbst das Gemurmel der Menschen unter mir. Ich fühle mich taub, obwohl ich noch am Leben bin.

»Bitte kämpfe«, schluchze ich, kralle mich noch fester an die Ketten und sehe den Abgrund vor mir. Die endlose Tiefe, die mich empfängt, als Danger zu einem weiteren Schlag ansetzt.

Es ist, als könnte ich es bis hier oben knacken hören, als seine Faust in sein gepeinigtes Gesicht rast. Seine Augen sind geschlossen, sein Mund blutüberströmt geöffnet. In dem Moment, in dem Danger nach seiner Hand greift, um seinen Puls zu fühlen, erstirbt etwas in mir.

Ich zerfalle in tausend einzelne Teile, die Splitter fallen in die Tiefe, gemeinsam mit mir. Die Menschenmassen toben, Darryl steht mit einem siegessicheren Lächeln am Rand des Ringes und klatscht euphorisch in die Hände. Nein, das darf nicht sein ...

Hilfe suchend blicke ich mich um, doch am Ende bleibe ich nur an einem hängen: an seinen geschlossenen Augen und dem leblosen Körper. Immer wieder schreie ich seinen Namen, doch niemand hört mich mehr. Musik setzt ein, die ohnehin alles überlagert.

Sekunden später tritt Darryl in den Ring, verpasst Rage' Körper noch einen tiefen Tritt in den Magen und kürt seinen Kämpfer freudestrahlend zum Sieger.

Victor hingegen steht regungslos am Rand und sieht dabei zu, wie Rage aus dem Ring geschliffen wird. Eine Blutspur zieht sich von der Mitte des Betonbodens bis zum Rand, als der Mann Rage aus dem Ring zerrt und hinter sich her aus dem Saal schleift.

Mein Zittern ist verebbt, dafür steht alles in mir in Flammen. Ich brenne. Verbrenne. Spüre, wie mich die Flammen umgeben, sich auf meine Haut und um meine Lunge legen. Der Sauerstoff verbrennt mit jedem Atemzug, der Rauch nimmt mich gänzlich für sich ein.

In diesem Moment ist mir alles egal. In diesem Moment will ich nur noch eines: sterben. Sterben und bei ihm sein. Ich will seine Julia sein. Denn eines steht fest: Ich bin schuld an seinem Tod. Und mit dieser

Schuld werde ich nicht leben können. Mit letzter Kraft komme ich wieder auf die Beine, streife mir die High Heels von den Füßen und lasse sie auf dem Podest liegen. Langsam schleiche ich mich an dem Mann hinter mir vorbei, der in sein Smartphone vertieft ist, und renne.

Renne, weine, atme.

Renne, weine, verbrenne.

Renne, weine, sterbe.

Sobald ich den Flur erreicht habe, stürme ich den Gang entlang. Ich weiß nicht, wo sie Rage hingebracht haben, aber ich kann es mir denken, also steuere ich den goldenen Raum an, in dem ich Rage das erste Mal nach vier Jahren gegenüberstand. Die Schmerzen in meinen Armen ziehen sich durch meinen ganzen Körper, ich blende alles um mich herum aus.

Ich muss bei ihm sein … Doch bevor ich die Treppe, die nach unten führt, erreichen kann, hält mich jemand zurück. Panisch blicke ich mich um und werde von braunen Augen empfangen. Augen, die ich nur allzu gut kenne. Seit sieben Jahren.

»Mrs. Smith?«, krächze ich. Meine Trainerin krallt ihre Nägel in mein Fleisch, sie nimmt keine Rücksicht auf meine Wunden und die Schmerzen, die sie mir beschert.

Alles um mich herum dreht sich, ergibt keinen Sinn mehr, als ich mich in ihrem von der Zeit gezeichneten Gesicht verliere.

»Ich bin froh, dass Rage verloren hat, Yuna. Dein Tod wäre Verschwendung«, säuselt sie, sodass ich mich aus ihrem Griff entreiße und zurück stolpere. Wovon zum Teufel spricht sie?

»Was ...?« Mehr schafft es nicht über meine Lippen. Sie sieht mich mitleidig an, und als ich etwas Diabolisches in ihren Augen aufblitzen sehe, fällt mir wieder Maggys tränenüberströmtes Gesicht ein.

»Sie haben Maggy hergebracht«, stelle ich schluckend fest und treffe genau ins Schwarze. Ich konnte die Frau vor mir nie durchschauen.

Sie war immer wie ein unbeschriebenes Blatt. Ich lasse die letzten Jahre im Studio Revue passieren. Immer wieder haben uns Frauen verlassen, die ich nie wiedergesehen habe. Und immer, wenn wir sie gefragt haben, wo sie hin sind, hat sie abgeblockt. Die Wahrheit trifft mich mit voller Wucht, sodass neue Tränen über mein Gesicht rinnen.

»Ach, Yuna. Du warst schlau genug und hast dich freiwillig in ihre Hände begeben. Doch nicht jeder findet den Weg hierher, Schätzchen. Manchen muss man nur den nötigen Anstoß geben. Und Maggy ist zu gut an der Stange, um im Studio zu versauern, meinst du nicht?« Teuflisch ziehen sich ihre faltigen Mundwinkel nach oben.

»Was bekommen Sie hierfür? Geld? Ist es das?«, knurre ich sie an und wahre derweil Abstand zu dieser Frau. Sie hatte mich in ihrem Bann, so wie jede andere Frau, die bei ihr trainiert.

Jetzt weiß ich, wieso sie immer darauf erpicht war, uns zu den Besten zu machen. Ihr hat es nie gereicht, wenn wir gut waren, sie wollte mehr. Sie wollte uns zu ihren Puppen machen, um mit uns ihre Taschen zu füllen.

»Geld regiert die Welt, Yuna. Wer wüsste das besser als du?« Sie tritt an mich heran, legt ihre warme Hand an meine Wange und streicht darüber.

»Irgendwann wirst du es verstehen. Und dann wirst du mir dankbar sein, dass ich deiner Freundin einen Sinn im Leben gegeben habe.«

Mit diesen Worten macht sie auf ihren Absätzen kehrt und verlässt den Flur so anmutig, dass ich mich plötzlich ganz klein fühle. Klein und unbedeutend. Klein und machtlos.

Die Tränen in meinen Augen kommen zum Stillstand, als ich meine Wut herunterschlucke und wieder an das denke, was wirklich zählt.

Fluchend renne ich weiter der Treppe entgegen, stürme nach unten und stoße panisch die Tür auf, die zu meinem Glück nicht verschlossen ist. Doch sobald ich eintrete, wünschte ich mir, nie hergekommen zu sein.

Der Raum ist immer noch derselbe. Dieselben Gold- und Rottöne. Dieselben Spiegel. Dieselbe Bar. Nur, dass jetzt jemand in der Mitte des Raumes am Boden liegt. Dieses Mal bin es nicht ich. Es ist, als hätten wir die Rollen getauscht, als würde unsere Welt auf dem Kopf stehen.

»Rage«, wimmere ich, werfe mich vor ihm auf die Knie und lege meine Hand an seine blutverschmierte Wange. Sein rechtes Auge ist angeschwollen, seine Haut ist feuerrot und sein ganzes Gesicht ist von den Schlägen entstellt.

Seine Augen sind geschlossen, sein Mund steht offen. Ich beuge mich vor, sodass meine Tränen ihren Weg über mein Gesicht zu seinem finden.

Jede Träne, die auf seiner Haut landet, wäscht das Blut allmählich von seinem Gesicht. Schweiß steht auf seiner Stirn, als ich meine gegen sie presse und meinen Gefühlen freien Lauf lasse.

Alles in mir ist wieder taub. Ich fühle mich zwischen Himmel und Hölle gefangen. Auf der einen Seite erwartet mich Gott mit offenen Armen, auf der anderen Seite steht der Teufel und lockt mich zu sich. Mit einer so verführerischen Stimme, dass ich den Kampf aufgebe und mich auf die dunkle Seite stelle.

Ich zittere noch immer am ganzen Körper, meine Augen halte ich geschlossen. Rage liegt weiter leblos unter mir.

»Was haben sie dir angetan?«, flüstere ich, obwohl ich genau weiß, was passiert ist. Schließlich habe ich alles mit ansehen müssen.

Jeden Schlag, jeden Tropfen Blut, den er vergoss. Jeden Schrei. Es war wie ein Film auf einer Leinwand. Ein Film, dessen Ende mich gebrochen hat.

»Du hättest dich wählen sollen«, schluchze ich und spüre plötzlich eine Wut in mir aufkeimen, die ich nicht verbergen kann. Sekunden später hole ich das erste Mal aus und donnere ihm meine Faust gegen den Brustkorb.

»Du. Hättest. Dich. Wählen. Sollen.« Immer und immer wieder rauscht meine Faust gegen seinen Brustkorb, damit ich meiner Wut freien Lauf lassen kann. Doch sie nimmt nicht ab, egal, wie viel Kraft ich einsetze.

Tränen rinnen weiter in Bächen über mein Gesicht, und als ich plötzlich von einer bleiernen Schwäche übermannt werde, lasse ich die Fäuste sinken und vergrabe mein Gesicht an seinem Hals. Ich schluchze, trauere, lasse alles raus, was sich in mir angestaut hat, seit ich das Podest betreten habe.

»Du bist doch kein Rabe«, krächzt plötzlich jemand. Eine mir vertraute, viel zu schöne Stimme. Mit viel zu schönen Worten.

Ich reiße den Kopf panisch von seinem Hals und blicke Rage ins Gesicht. Seine Lider öffnen sich flatternd, schaffen es aber nicht, offen zu bleiben. Mein Innerstes zerspringt bei dem Anblick. Beim Gedanken daran, dass es noch nicht zu spät ist.

»Du siehst aus wie ein Engel.« Ein gequältes Lächeln umspielt seine aufgerissenen Mundwinkel, das mein Herz von den Ketten befreit. »Bin ich tot?«, setzt er noch hinterher.

Ich weiß nicht, was ich tun soll, weiß nicht, ob ich einfach nur träume. Er war doch tot! Ich habe gesehen, wie sein Gegner seinen Puls fühlen wollte, und wie er anschließend aus dem Ring geschleift wurde, weil es keinen Puls gab. »Du warst tot«, sage ich völlig neben der Spur. Tod und Leben vermischen sich zu einem Brei. Die Tränen sorgen dafür, dass ich nichts mehr sehen kann. Alles verschwimmt vor meinen Augen.

»Wie kann das sein?«, setze ich noch flüsternd hinterher. Meine Hände umgreifen sein Gesicht, und ehe ich mich stoppen kann, legen sich meine Lippen auf seine.

Ich schmecke sein Blut, doch es ist mir egal, solange er den Kuss erwidert. Und auch wenn er schwach ist, küsst er mich zurück. Seine Lippen fahren über meine, ganz zaghaft, ganz sanft. Mit jeder Sekunde haucht dieser Kuss ihm wieder Leben ein.

»Ich hatte wohl einen Schutzengel«, flüstert Rage an meinem Mund und sorgt dafür, dass mein Herz endgültig heilt.

Meine Tränen tropfen auf sein Gesicht, während unsere Zungen einander finden. Und in diesem Moment fühlen sich die Flügel an meinem Rücken zum ersten Mal echt an. Man muss nicht tanzen, um den Himmel zu schmecken, nein. Man muss lieben.

ÖFFNE MIR DIE AUGEN
& ich sehe nur dich

Jede Faser meines Körpers schmerzt. Jede Regung bereitet mir ungeahnte Qualen. Als ich noch jünger war, wusste ich, was es heißt, zu verlieren.

Doch in den letzten Jahren ist die Erinnerung daran verblasst. Übrig blieb nur noch ein dunkler Schatten. Schemenhaft. Mehr nicht.

Jetzt liege ich am Boden und spüre nichts mehr. Ich weiß, dass ich tot sein muss. Dass ich es nicht geschafft habe, uns beide zu retten.

Und doch erfüllt mich etwas Befreiendes. Ich konnte sie retten. Und das ist alles, was zählt. Mühsam versuche ich endlich, das Feuer zu erreichen, das unten in der Hölle auf mich wartet, aber es nähert sich mir nicht.

Es kostet mich die letzte Kraft, die Augen endlich aufzuschlagen und dem Teufel ins Gesicht zu sehen. Ich weiß, dass ich nicht in den Himmel komme. Dass nichts Schönes am Ende auf mich wartet. Dafür habe ich zu viel Blut in meinem Leben vergossen.

Doch sobald die Sicht um mich herum aufklart, stoppt mein Herz endgültig. Erst erkenne ich nur schwache Umrisse, verschwommene Schemen. Je öfter ich blinzle, desto klarer wird das Bild.

Ein Bild von ihr. Weiße Flügel über mir, ihr Duft, der mich einhüllt. Ein Lächeln umspielt meine Lippen, weil sie hier ist. In meinem Unterbewusstsein, bevor ich endgültig sterbe.

»Du bist doch kein Rabe«, stelle ich ehrfürchtig fest und erschaudere, weil meine Stimme entgegen meiner Erwartung so lebendig und echt klingt. Als wäre ich tatsächlich noch am Leben. Jemand löst sich von mir, und als ich ein weiteres Mal blinzle, sehe ich sie klar und deutlich vor mir.

Ihre grauen Augen, ihre tiefroten Haare ... Wie ein gefallener Engel beugt sie sich über mich, ihre Tränen hüllen mich ein, in dem sie auf mein Gesicht tropfen. Wie gern würde ich ihr die Trauer aus dem Gesicht nehmen und ihr sagen, dass alles gut wird. Dass sie eines Tages auch ihre Schatten ablegen kann.

»Du siehst aus wie ein Engel«, stelle ich lachend fest und ignoriere den Schmerz, der sich deshalb in meinen Mundwinkeln sammelt.

»Bin ich tot?« Doch meine Frage quittiert sie mit einem unsicheren Lachen und weiteren Tränen. Wenn ich tot bin, wieso fühlen sich ihre Tränen dann so echt auf meiner Haut an? Wieso wirkt alles so real und greifbar?

»Du warst tot«, flüstert sie völlig neben der Spur. »Wie kann das sein?« Unglauben liegt in ihrem Blick, als sie sich über mich beugt und ihre Lippen auf meine legt. Der Geschmack meines Blutes vermischt sich mit dem Salz ihrer Tränen.

Und in diesem Moment wird mir eines klar: Ich lebe. Das hier kann kein Traum sein. Kein Traum kann sich so echt anfühlen! Erleichterung schleicht sich durch meine Venen und mündet an der Stelle, an der mein Herz langsam gegen meinen Brustkorb schlägt.

»Ich hatte wohl einen Schutzengel«, wispere ich gegen ihre Lippen und kann ihr ein Lächeln entlocken, das all die Schmerzen der letzten Minuten in Vergessenheit geraten lässt.

Gedanken überschlagen sich, als Yuna mich an den Schultern hochzieht, sodass ich sie besser an mich ziehen kann. Ich lebe … Und ein Teil in mir glaubt, dass ich nur noch lebe, weil ich liebe.

Weil ich den Gedanken daran, die Frau vor mir nie wieder zu sehen, nicht ertragen hätte. Jeder Schlag meines Gegners gerät in Vergessenheit. Yuna löst sich von mir und sieht mir intensiv in die Augen. Ihre Unterlippe zittert und ich lege meine Hand an ihre feuchte Wange.

»Hey, alles wird gut«, versichere ich ihr, obwohl ich nicht weiß, ob ich dieses Versprechen halten kann. Doch ich weiß, dass ich alles dafür geben werde. Yuna schüttelt den Kopf und muss gegen weitere Tränen ankämpfen.

»Sie haben Maggy, Rage.« Ihre Stimme gleicht einem Krächzen, das mich innerlich erstarren lässt. Ich kenne diese Frau nicht, aber ich weiß, wie viel sie Yuna bedeutet. Und allein deshalb bedeutet sie auf verquere Art und Weise auch mir etwas. Ohne Maggys Hilfe hätte ich Yuna nicht so schnell gefunden. Ich bin ihr etwas schuldig.

»Wir werden sie hier rausholen, hörst du?« Doch weil Yuna nicht reagiert, lege ich meine Hand unter ihr Kinn und ziehe es in meine Richtung, sodass sie mich ansieht. »Ich verspreche es dir.«

Bevor Yuna etwas antworten kann, wird die Tür geöffnet. Und als ich dem Kerl ins Gesicht blicke, der mir das hier angetan hat, spüre ich plötzlich eine ungeahnte Kraft in mir.

Ich schiebe Yuna bestimmend zur Seite und stehe auf, um mich vor Danger aufzubauen. Ich stürze mich auf ihn, Yunas flehende Stimme gerät in den Hintergrund.

Sobald ich ihn gegen die Wand gedrückt habe, stelle ich mir bildlich vor, wie ich ihn töten kann. Wie ich es ihm Stück für Stück heimzahlen kann.

»Du hättest lieber noch einmal zuschlagen sollen«, zische ich ihn an und male mir seinen Tod in den buntesten Farben aus. In diesem Moment ist mir sogar egal, dass Yuna hinter mir steht und alles beobachten kann. »Hey, Rage, er hat dich gerettet!« Es ist Marius, der mich aus meinem Tunnel herauszieht. Langsam lockere ich den Griff an Dangers Hals und blicke meinem Freund ins Gesicht, der jetzt ebenfalls neben uns steht. »Was meinst du damit?«, knurre ich ihn an und lasse derweil Danger nicht aus den Augen. Er zieht die Stirn kraus und will etwas sagen, doch meine Hand an seinem Kehlkopf hindert ihn daran.

Also lockere ich letztendlich meinen Griff, sodass er nach unten sackt. Marius tritt hinter mich, nimmt meine Hand von seinem Hals und drückt mir stattdessen ein Handy in die Hand.

»Du solltest dich bedanken«, befiehlt er mir und klopft mir schließlich brüderlich auf die Schulter. Mit der anderen Hand halte ich Danger an der Wand gefangen, während ich das Telefon zu meinem Ohr führe.

»Wer ist da?«, frage ich den Unbekannten am anderen Ende der Leitung. Ein verunsichertes Lachen erklingt, das mir so bekannt vorkommt. Es ist nicht das erste Mal, dass mir dieses Lachen den Arsch gerettet hat.

»Scott?« Die Situation überfordert mich maßlos, als ich endgültig von Danger ablasse und einige Schritte zurückweiche. Das Adrenalin weicht aus meinem Körper und macht den Schmerzen wieder Platz. Sie brechen über mir ein und bedecken mich mit Schutt und Asche.

»Gern geschehen, Rage.« Seine Erwiderung lässt mich noch verwirrter zurück. Ich blicke zwischen Marius und Danger hin und her, doch ihre Mienen verraten nichts.

»Was hast du getan?«, will ich wissen und klinge dabei wütender, als ich es beabsichtige. »Ich habe es für dich geregelt.« Seine Erklärung sorgt dafür, dass langsam aber sicher Licht ins Dunkle gebracht wird. Bilder setzen sich zusammen und ergeben plötzlich Sinn.

»Wieso?« Ich sollte ihm dankbar sein, das ist mir klar. Er hat mir nicht nur geholfen, Yuna zu finden, er hat mir auch den Arsch gerettet. Und doch brauche ich Antworten. Brauche Erklärungen, um das alles verstehen zu können.

»Wenn ich dich nicht mehr aus der Scheiße ziehen muss, könnte mir langweilig werden, Rage. Und ich hasse es, mich zu langweilen.« So wie er klingt, hockt er vermutlich wieder auf seiner Hängematte und genießt den Sonnenuntergang. Ein sarkastisches Lachen bahnt sich in meinem Magen an, das ich unter Schmerzen freilasse.

»Wie hast du das gemacht?«, frage ich ihn und bedeute Danger, dass er sich verpissen kann. Vermutlich sollte ich ihm dankbar sein, dass er seine Chance, mich zu töten, nicht genutzt hat, aber die Schmerzen in meinem Gesicht erinnern mich daran, dass er das nicht grundlos getan hat. Dass er mich, ohne zu zögern, getötet hätte.

»Es war einfach, Darryls Marionette zu bestechen. Ein paar Scheine und schon hat er mit dem Schwanz gewedelt.« Ich umklammere das Handy so fest, dass meine Knöchel schmerzen, während Danger den VIP-Bereich verlässt und die Tür hinter sich zuschmeißt.

»Danke«, murmle ich durch die Leitung und werfe Marius vernichtende Blicke zu. Wie konnte er zulassen, dass Darryl diese Show in unserem Club abzieht? Dabei ist die Antwort klar: Marius ist ein kleines Licht. Darryl hingegen spielt in einer anderen Liga.

»Nichts zu danken.« Ich will das Gespräch schon beenden, als Scott mich davon abhält. »Ach, und, Rage?« Ich sage nichts, warte stattdessen einfach nur ab, dass er sagt, was er zu sagen hat.

»Die Leute glauben, dass du tot bist. Vielleicht solltest du deine Chance nutzen und gehen.«

Innerlich male ich mir bereits ein Leben fernab von diesen Menschen aus. Keine Kämpfe mehr. Kein Blut. Keine Rachegelüste. Sie haben mich in den letzten Jahren ohnehin nur aufgefressen und zu einem von ihnen gemacht.

Ich wollte nie zu ihnen gehören und doch konnte ich nicht verhindern, dass mich ihre Klauen in ihren Bann zogen. Ich war Victors Schlampe, mit der er Geld scheffeln konnte. Mehr nicht. Damit muss Schluss sein.

»Das werde ich.«

EIN JAHR SPÄTER
Ravens Rage

»Ladys, ihr müsst auf eure Körperspannung achten! Mika, du hängst da wie ein nasser Sack!« Maggys Worte lassen mich schmunzeln. Ich sitze am Rand des Rings und beobachte, wie meine beste Freundin in ihrem Job aufgeht. Sie liebt es, Mädchen zu trainieren. Ihnen unsere gemeinsame Leidenschaft näherzubringen. Und ich liebe es, ihr dabei zuzusehen.

Es ist kaum zu glauben, was im letzten Jahr alles passiert ist. Nach dem Kampf, nach den schlimmsten Minuten meines Lebens, in denen ich dachte, Rage wäre tot. Wäre Scott nicht gewesen, wäre der Abend anders ausgegangen.

Marius hat uns geholfen, Maggy zu befreien und uns schließlich zur Flucht verholfen. Weil es für meine Freundin in Atlanta nicht mehr sicher gewesen wäre, mussten wir sie mit uns nehmen. Und auch wenn sie anfangs Startschwierigkeiten mit Rage hatte, hat sie ihn lieben gelernt. So wie ich.

Mittlerweile hat Rage in ihr eine neue Schwester und sie in ihm einen Bruder gefunden. »Ich gebe mein Bestes!«, versichert ihr das Mädchen mit den blonden Engelslocken, woraufhin Maggy ihr ein warmes Lächeln schenkt.

Sie trägt ihre Haare jetzt raspelkurz und doch sieht sie an der Stange aus wie eine Göttin. Ich liebe es, ihr beim Tanzen zuzusehen. Liebe den starken Kontrast zwischen ihrer eher maskulinen Frisur und den grazilen Bewegungen.

»Du kannst gern eine Einzelstunde nehmen, dann arbeiten wir gemeinsam an deiner Körperspannung, okay?« Das Mädchen strahlt Maggy an und umarmt sie stürmisch.

»So, und nun geht euch duschen und umziehen, die Stunde ist vorbei. Wir sehen uns am Mittwoch wieder.« Mit diesen Worten lässt Maggy von ihren Schülerinnen ab und tänzelt zu mir herüber.

Sie verdreht die Augen und setzt sich schließlich neben mich. Maggy lehnt ihren Kopf gegen meine Schulter und sieht ihren Sprösslingen zu, wie sie schnatternd zu den Umkleiden schlendern.

»Ich bin stolz auf sie«, flüstert sie und sieht mich aus strahlenden Augen an.

»Und ich bin stolz auf dich.« Es kommt nicht oft vor, dass ich ihr das sage, aber hin und wieder muss ich es einfach loswerden. »Hey, du siehst traurig aus«, stellt sie stirnrunzelnd fest und schiebt ihre Unterlippe nach vorn. Ich blicke mich in unserem Studio um und zucke mit den Schultern. »Ich bin nicht traurig. Ich kann einfach nur nicht glauben, dass das hier wirklich uns gehört!« Ich deute auf die Halle, die wir vor einem halben Jahr in dieses Studio haben umbauen lassen.

Rage trainiert Jungs von der Straße, die sich ein herkömmliches Training nicht leisten können, während Maggy und ich den angehenden Frauen das Pole Dancing beibringen. Ich liebe es, ihnen meine Liebe für diesen Tanz näherzubringen.

»Ich kann es auch noch nicht glauben«, säuselt Maggy und lehnt ihren Kopf wieder gegen meinen. Automatisch greife ich nach ihrer Hand und umklammere sie fest.

»Kaum zu glauben, dass Mrs. Smith uns die ganze Zeit belogen hat.« Maggy rüttelt alte Wunden wach, die wieder Bilder in mir aufkommen lassen, die ich ein für alle Mal vergessen wollte.

Nach unserer Flucht aus Atlanta haben wir der Polizei einen Hinweis gegeben. Kaum zwei Wochen später stand die Schlagzeile dann im Netz: Ehemalige Weltmeisterin im Pole Dancing wegen Menschenhandel festgenommen.

Hin und wieder frage ich mich, wie mein Leben verlaufen wäre, wenn sie mich tatsächlich an den Club verkauft hätte. Hätte Rage mir geholfen?

Wären wir uns je so nah gekommen, wie wir uns jetzt sind? Fragen über Fragen, die mir Kopfschmerzen bereiten, und die nie beantwortet werden.

»Sie hat ihre gerechte Strafe bekommen.« Genugtuung macht sich in mir breit, weil ich weiß, dass dieser Schrecken ein Ende hat.

Jedenfalls ist die Welt jetzt ein Stück weniger schrecklich. Mein Blick wandert über die Übungsstangen, vorbei an dem Schild, an dem der Name unseres Studios prangt.

Ravens Rage.

Wochenlang hatten wir nach dem perfekten Namen gesucht, hatten uns das Hirn zermartert, ohne Erfolg. Dabei lag die Antwort doch schon lange auf der Hand.

Und auch wenn ich mir damals immer gewünscht habe, keine Raven zu sein, habe ich mich mit meinem Leben abgefunden. Das bin ich. Und es würde nichts ändern, wenn ich den Namen ablege und mir eine andere Identität zulege.

Seit Rage mich aus den Klauen meines Vaters befreit hat, habe ich von ihm nichts mehr gehört. Natürlich hat er den Kontakt gesucht, aber ich habe mit diesem Kapitel in meinem Leben endgültig abgeschlossen.

Eines steht fest: Am Ende des Tages wird er einsam sterben. Die gerechte Strafe für das Leben, das er mir und meiner Mom zugemutet hat.

»Wie auch immer – ich habe noch ein Date, also muss ich jetzt los! Wir sehen uns morgen?« Maggy hüpft vom Rand des Rings herunter und drückt mir einen Kuss auf die Wange. Ich nehme sie fest in meine Arme und nicke euphorisch.

»Wir sehen uns morgen. Viel Glück bei deinem Date«, trällere ich. Maggy tänzelt zu den Umkleiden und wirft mir noch einen Kussmund über die Schulter hinweg zu.

Während ich weiterhin hier sitze, das Studio bewundere, und alles in meinen Erinnerungen festhalte. Ich speichere alles ab. Die guten und schlechten Gefühle. Die Erfolge und Misserfolge.

Eine ganze Weile sitze ich noch so da und starre ins Nichts. Erst als mich starke Arme von hinten packen, komme ich wieder zurück ins Hier und Jetzt.

»Worüber denkst du nach?« Seine dunkle Stimme hat noch immer dieselbe elektrisierende Wirkung auf mich, wie am ersten Tag. In jener Nacht, in der er mich auf der Straße vor dem Club gerettet hat.

Immer wieder war er da und hat mich am Ende nicht nur vor den Monstern, sondern auch vor meinen eigenen Dämonen gerettet.

Ich lege den Kopf in den Nacken und blicke zu ihm auf. Rage setzt sich hinter mich und zieht mich dicht an sich, sodass mein Rücken gegen seine Brust stößt.

»Über uns. Über den Club«, verrate ich ihm schmunzelnd. »Ich kann immer noch nicht glauben, dass das hier unser Leben sein soll.«

Ich schmiege mich an ihn, bette meinen Kopf an seine Schulter und genieße seine Wärme an meinem Rücken. Genieße es, dass er mit seinen Händen über meine Arme fährt und damit eine Gänsehaut auf mir hinterlässt.

Weil mich plötzlich eine ungeahnte Sehnsucht heimsucht, drehe ich mich um, sodass ich auf seinem Schoß sitze, und beuge mich über ihn, bis er rittlings im Ring liegt.

Ich halte seine Handgelenke fest neben seinem Kopf und küsse ihn. Seine Härte, die unter den Shorts deutlich zum Vorschein kommt, drängt sich gegen meine Mitte und lässt mich in seine Mundhöhle keuchen. Rage knabbert an meiner Unterlippe, sodass mich Sekunden später ein süßer Schmerz durchzuckt.

Ich massiere seine Zunge mit meiner, genieße den heißen Kampf, den sie sich liefern, und presse mich dichter gegen ihn. Ehe ich michs versehe, hat Rage sich unter mir befreit und sich auf mich gerollt, sodass er mich jetzt mit seinem Gewicht auf den Boden drückt.

Sein Knie gleitet zwischen meine Beine, und als er den Druck auf meine Scham verstärkt, lege ich den Kopf stöhnend in den Nacken.

»Du bist mein Untergang«, keuche ich willenlos und schließe die Augen, obwohl sich mein Innerstes nach seinem Anblick sehnt. Doch das Verlangen in meinem Unterleib ist stärker als alles andere.

Rage beugt sich über mich, fährt mit seinen Lippen über meinen Hals und hoch zu meinem Ohrläppchen, an dem er innehält. Sein Atem beschert mir wie in jeder Nacht seit einem Jahr eine Gänsehaut.

»Und du meine Rettung«, antwortet er mir raunend und sorgt dafür, dass ich noch feuchter werde. Meine Atmung schnellt in die Höhe, ebenso mein Puls. Die

Härchen an meinem Körper stellen sich auf, meine Brustwarzen werden hart und meine Glieder spannen sich an.

Als Rage mit seinem Knie stärker gegen meinen Kitzler drückt, will ich in tausend Teile zerspringen. Ich will ihn spüren. Will ihm nah sein. Will ihm auf meine Art und Weise für seine Rettung danken.

»Du denkst viel zu oft an die Vergangenheit, Yuna«, tadelt er mich lachend, wobei mich erneute Stromschläge durchzucken.

Sein Gewicht auf mir nimmt mich gefangen, sodass ich mich nicht bewegen kann. Und wenn ich ehrlich bin, will ich auch nie wieder woanders sein. Hier in New York findet jetzt unser Leben statt.

»Du hättest sterben können«, krächze ich, und allein beim Gedanken an diese Nacht wird mir schwindelig und die Decke über mir beginnt, sich zu drehen.

Ja, Rage hat recht. Ich lebe viel zu oft in der Vergangenheit. Und dabei ist unsere Gegenwart viel schöner. Viel einnehmender. Und vor allem ist sie wichtiger als die Vergangenheit.

»Ich wäre, ohne zu zögern, für dich gestorben, Yuna. Und weißt du auch, wieso?« Er lässt von meinem Hals ab und sucht anschließend meinen Blick. Unsere Augen verkeilen sich und ein Moment der Stille kehrt ein. Niemand sagt etwas, weil sich keiner von uns traut, diesen vollkommenen Moment zu zerstören. Hier gibt es nur ihn und mich. Nur dieses unsichtbare Band zwischen uns. Nur Vollkommenheit und Schönheit.

»Wieso?« Diese Frage brennt mir schon seit jener Nacht auf der Zunge und doch habe ich mich nie getraut, sie zu stellen.

Vielleicht hatte ich Angst vor seiner Antwort. Vielleicht wollte ich mir meine Traumwelt einfach nicht kaputt machen lassen. Vielleicht gab es bis heute aber auch einfach nicht den richtigen Zeitpunkt.

Seine Augen ruhen auf mir und ein Lächeln umspielt seine Lippen, von denen ich nie genug bekommen werde. Rage ist wie eine Droge.

Kostet man einmal von ihm, ist man verloren. Ich habe mich in ihm verloren. Mittlerweile weiß ich, wie der Himmel schmeckt. Und ich weiß, dass man für diesen Geschmack kämpfen muss. Dass einem nichts einfach zufliegt. Und wenn doch, dann ist es nur von kurzer Dauer, bis es einem wieder entrissen wird.

»Anfangs dachte ich, dass man dich nicht mehr retten kann. Dass dein Innerstes zu dunkel dafür ist.« Er schluckt schwer, bevor er fortfährt und damit meine Welt aus den Angeln reißt. »Mittlerweile erkenne ich den Schmetterling in dir.«

Ende

Danksagung

Wieder habe ich die vier magischen Buchstaben geschrieben. Wieder habe ich Charaktere lieben, hassen und jetzt auch vermissen gelernt.

Rage und Yuna haben mir nicht nur wahnsinnigen Spaß gemacht, nein, sie haben mich auch das ein oder andere Mal zum Schlucken gebracht. Ich hoffe, ihr konntet das fühlen, was ich gefühlt habe!

Als Erstes danke ich meinen Mädels! Sami, Jassi? Ohne euch würde es Rage nicht geben, ohne euch würde es unsere Bad Boys nicht geben! Das Brainstorming mit euch war genial, so wie ihr auch genial seid!

Der nächste Dank geht an dich, Sabine, dafür, dass du wieder einmal die letzten Fehler gefunden und ausradiert hast, dass du so zuverlässig und einfach wunderbar bist!

Außerdem danke ich Sabrina für das Wahnsinnscover! Ich liebe es, so wie die ganze Reihe!

Nina, Nicola, Christelle, Maya, Claudi, Bianca, Franzi? Ihr seid meine Crew! Bereits seit einem Jahr und hoffentlich für immer!

Anja, Coco? Ich hab euch echt lieben gelernt, danke für alles!

BLUE THUNDER LESEPROBE

September 2017

Die Stimmung ist am Kochen, als wir Bunker Hills Straßen erreichen und an einer alten Lagerhalle anhalten. Ich steige aus und spüre sofort, dass meine Knie schlottern.

Mein Blick gleitet über die zahlreichen Menschen, die sich hier versammelt haben. Frauen in knappen Shorts und bauchfreien Tops schmiegen sich an die Schultern ihrer Freunde, Kerle bilden Grüppchen und stoßen mit Bier an, das über die Ränder auf den Beton schwappt.

Ein dunkler Beat durchzieht die Luft, einige wippen nur im Takt, andere hingegen scheinen sich in eine andere Welt zu tanzen. Rex steigt ebenfalls auf, legt mir seine Hand in den Rücken und schiebt mich nach vorn. Eigentlich will ich ihn von mir abschütteln, weil er mir zu nah ist, aber ich komme gar nicht dazu.

»Dann wollen wir die Party mal steigen lassen«, raunt er mir ins Ohr, wobei mich sein Atem unterhalb meines Ohres kitzelt. Unsicher gehe ich auf die Meute zu und halte nach meiner Freundin

Ausschau. Es dauert nicht lange, bis ich sie entdecke und schnalle, wieso sie mich nicht persönlich abgeholt hat. Sie lehnt gegen die Wand der Halle, vor ihr steht ein Kerl, der seine Hände an ihrer Taille hat.

Eigentlich will ich die beiden Turteltäubchen nicht stören, aber weil ich nur ihretwegen hier bin, finde ich es nur gerecht.

Rex verabschiedet sich von mir mit einem Kuss auf die Wange und schlägt mir vor, mich nachher ein paar Leuten vorzustellen.

Sobald ich neben den beiden Täubchen stehe, räuspere ich mich, sodass der Kerl von meiner Freundin ablässt. Als sie mich entdeckt, stößt sie sich von der Wand ab und nimmt mich euphorisch in die Arme.

»Du bist wirklich hier!«, kreischt sie lauter, als nötig, und gibt mir einen Kuss auf den Mund, wobei ich den Duft ihres „Freundes" inhaliere.

»Süße, das ist Marc. Marc, das ist meine bessere Hälfte Bea«, stellt sie uns einander vor und ich reiche ihm meine Hand.

Sein Handschlag ist fest, seine Augen sind tiefbraun, beinahe schwarz. Er hat kurzes Haar und dasselbe Piercing wie Lu, nur auf der anderen Seite.

»Hey, Bea. Ist das hier dein erstes Rennen?«, fragt er mich mit melodischer Stimme. Normalerweise müsste ich sauer auf Lu sein, weil ich von der Existenz dieses Kerls bis jetzt nichts wusste, aber ich kann ihr nie böse sein. Außerdem will ich den Abend so gut es geht genießen.

»Jap. Ich bin noch Jungfrau«, antworte ich lächelnd.

»Dann werden wir deiner Freundin mal zeigen, wie sich Benzin in den Venen anfühlt.« Lu lässt von mir ab, schmeißt sich stattdessen in Marcs Arme und gibt ihm einen innigen Kuss.

»Viel Glück, Babe. Du schaffst das!« Mit diesen Worten gibt sie ihn frei. Marc verschwindet in der Menge und steuert einen roten Mustang an, der links neben uns steht. Erst jetzt fallen mir die anderen Wagen auf, die in einer Reihe nebeneinanderstehen.

Ich muss kein Profi sein, um zu erkennen, dass der Wagen neben seinem ein Chevrolet ist. Er ist schwarz wie die Nacht, nur die türkisen Streifen auf der Motorhaube heben sich deutlich vom Lack ab. Daneben parken zwei weitere Wagen, die ich von meiner Position aus nicht genau erkennen kann. »Dein Freund ist also ein Fahrer?«, frage ich Lu interessiert. Meine Freundin blickt Marc schmachtend hinterher, und doch kann ich Sorge in ihrem Blick sehen.

Rex meinte, dass die Rennen für die Fahrer gefährlich sind. Kaum auszumalen, wie viele Sorgen ich mir machen würde, wenn mein Freund ein Teil hiervon wäre. Wenn ich einen hätte, wohlbemerkt.

»Er ist nicht mein Freund«, sagt sie kopfschüttelnd. »Noch nicht, jedenfalls.« Sie greift nach meiner Hand und deutet auf die Wagen.

»Soll ich dir ein bisschen was erzählen?« Da ich ohnehin neugierig bin, nicke ich energisch. Dabei kann ich den Blick nicht von der schwarzen Schönheit neben Marcs Wagen lassen.

»Das Rennen geht über fünfzehn Kilometer, dieses Mal sind vier Fahrer dabei. Jeder von uns hat einen Wetteinsatz geleistet.

Wer zuerst ins Ziel kommt, gewinnt den großen Teil der Kohle. Und diejenigen, die richtig getippt haben, bekommen auch etwas vom Kuchen ab«, erklärt sie mir.

»Auf wen hast du gewettet?«, frage ich sie unnötigerweise.

»Ich müsste auf Marc wetten, aber ...« Ich runzle die Stirn, weil ich kaum glauben kann, dass sie nicht auf ihn gesetzt haben soll. Immerhin steckt sie ihm seine Zunge in den Hals ... und er ihr vermutlich ganz andere Körperteile.

»Aber?« Meine Hand krallt sich in ihrer fest, während ich meinen Blick über die zahlreichen Frauen gleiten lasse, die sich um die Wagen herumtummeln und auf die Fahrer warten. Auch an Marcs Mustang steht nun eine Traube leichtgekleideter Frauen.

»Marc ist nicht der Beste von ihnen. Auch wenn ich mit ihm ins Bett steige, will ich kein Geld verlieren.« Ihre Antwort lässt mich aufhorchen.

»Und wer ist der Beste?« Keine Ahnung, wieso, aber innerlich hoffe ich auf den Besitzer des Chevrolets. Dieses Auto hat es mir schon im Fernsehen oft genug angetan. Es jetzt live und in Farbe vor Augen zu haben, hat etwas Magisches an sich.

»Thunder. Er gewinnt beinahe jedes Rennen.« Thunder. Allein dieser Name sorgt dafür, dass ich diesem Kerl gern einmal ins Gesicht blicken würde. Das ist definitiv kein normaler Name, ich habe ihn jedenfalls noch nie gehört.

»Wo ist er?«, frage ich Lu etwas zu interessiert. Sie hebt die Brauen an und sieht mich wissend an, als hätte sie mich in Sekundenschnelle bereits durchschaut.

»Siehst du die Blonde mit den monströs langen Beinen?« Ich folge ihrem Blick und bleibe an der Rückansicht der Frau hängen, die sie meint.

Ihre blonden Haare fallen ihr in leichten Wellen über den Rücken. Auch sie trägt ein bauchfreies Top und unsittlich kurze Hosen, die den Ansatz ihres Pos zeigen. Schluckend nicke ich.

»Der Kerl, dem sie am Hals klebt, ist Thunder.« Ich weiche einen Schritt zur Seite, um einen Blick auf den Kerl mit dem elektrisierenden Namen zu werfen. Da er seine Lippen auf ihre presst, kann ich nicht viel erkennen, aber das, was ich sehe, gefällt mir.

Er hat längeres Haar als Rex, jedoch trägt es dieselbe dunkelbraune Färbung. Seine tätowierten Arme sind muskulös und seine Jeans sitzt so tief, dass seine Shorts darunter hervorlugen.

Er sitzt jetzt auf der Motorhaube seines Wagens, während sich die Blondine wie eine Ertrinkende an ihn presst.

Sobald sie sich von ihm gelöst hat, kann ich sein Gesicht sehen. Selbst aus der Entfernung kann ich erkennen, dass er hellblaue Augen hat. Gerade Brauen sorgen dafür, dass mir sein Blick durch Mark und Bein geht.

Seine Nase ist perfekt proportioniert und seine Lippen an einem Mundwinkel nach oben verzogen. Alles in allem ist das hier der schärfste Kerl, den ich in meinem Leben bisher gesehen habe.

»Nicht schlecht, oder?« Lu reißt mich aus meiner Schwärmerei heraus, indem sie mit ihren Fingern vor meinem Gesicht umherfuchtelt.

»Erde an Bea? Ich weiß, dass er heiß ist, aber vergiss es sofort wieder, dieser Kerl ist ein emotionales Wrack!«, ermahnt sie mich. Kopfschüttelnd lasse ich von Thunder und der Blondine ab, um Lu in die Augen zu sehen.

»Was soll ich vergessen?« Ich weiß genau, was sie meint, will mich aber nicht so gedemütigt verraten. Außerdem kann ich mir kaum vorstellen, dass ein Mann seines Kalibers emotional abgewrackt sein soll. Er scheint alles zu haben ... Ganz sicher gehört ein Mann seiner Art zu denjenigen, denen kein Wunsch verwehrt bleibt. So war es schon in der Schule. Und schon damals habe ich diese Typen gehasst!

»Auch wenn du glaubst, dass er derjenige ist, der dich aus deiner sexuellen Abstinenz holen kann, ist er es nicht. Klar, deine Libido dreht gerade frei, das ist bei jeder Frau so ... aber Thunder ist kein Kerl für dich.«

Ihre Predigt macht mich wütend, obwohl ich keinerlei Grund dazu habe, immerhin hat sie mich durchschaut.

»Ich will nicht mit ihm schlafen!« Ich will nur mit ihm reden. Irgendwie. Und ihn fragen, was ihn emotional kaputtgemacht hat. Ich glaube, dieser Thunder könnte meiner Rebellion die Krone aufsetzen.

»Ja, und ich will die Kaiserin von China werden«, äfft sie mich nach und schüttelt hypnotisierend den Kopf.

»Vergiss es einfach. Und jetzt pass auf, das Rennen geht los.« Als ich das nächste Mal zu meinem Traumauto blicke, sitzt Thunder bereits auf dem Fahrerplatz, und auch die anderen Kerle sitzen in ihren Wagen bereit.

Die Menschenmassen lichten sich, treten zur Seite, um den Fahrern freie Bahn zu lassen. Die blonde Schönheit stolziert in ihren Pumps zur Mitte, was die Männer um mich herum deutlich anheizt. Mit einer raschen, aber eleganten Handbewegung der Blondine ist das Rennen eröffnet und die Autos kommen mit schnurrenden Motoren in Bewegung.

Ich kann gar nicht so schnell schauen, da haben die vier Wagen ihre Plätze verlassen und ihre Rücklichter sind nur noch schwach in der Ferne zu erkennen. »Wie lange dauert es üblicherweise, bis der Erste im Ziel ist?«, frage ich Lu, etwas zu gespannt.

Seit wann interessiert mich sowas überhaupt? Vor einigen Stunden habe ich Lu noch einen Vogel gezeigt und jetzt? Jetzt packe ich sie an der Hand und zerre sie mit in die erste Reihe.

»Da hat wohl jemand Blut geleckt«, kichert sie. »Ich bin mir sicher, dass es keine zehn Minuten dauert, bis Thunder ins Ziel rollt«, flüstert sie mir zu.

Mein Herz macht einen Satz beim Aussprechen dieses Namens. Gott, was ist bloß in mich gefahren? Ich habe noch nicht einmal ein Wort mit diesem Typen gesprochen und schon wünsche ich ihm den Sieg?

Die Musik wird lauter, die Menschen tanzen weiter. Einige jedenfalls, der Rest steht genauso gebannt wie ich vor der Ziellinie und starrt ins Nichts.

Wir befinden uns auf einem abgelegenen Fabrikgelände, das seit Jahren leer steht. Ein Wunder, dass die Polizei noch nichts gegen diese Rennen unternommen hat.

Ich blicke auf die gegenüberliegende Seite, auf der die Blondine steht und ihren perfekten Körper zur Musik bewegt.

Alles in mir verkrampft sich, als ich daran denke, wie sie seine Zunge in seinem Hals hatte. Wie er wohl schmeckt?

»Wie haben deine Eltern eigentlich reagiert, als sie deine Haare gesehen haben?« Lu lehnt ihren Kopf gegen meine Schulter und blickt zu mir hoch. Sie ist beinah einen Kopf kleiner als ich, daran ändern selbst ihre Nietenpumps nichts.

»Ich bin hier. Also was denkst du?« Allein die Tatsache, dass ich mich hierzu überwunden habe, sollte als Antwort genügen.

»Sie sind ausgetickt, wusste ich es doch«, murmelt sie und presst sich noch dichter an mich. »Ich bin jedenfalls froh, dass du hier bist«, säuselt sie.

In diesem Moment bereue ich nichts von dem, was in den letzten Stunden passiert ist. Hätte ich mir die Haare nicht gefärbt, wäre mein Vater nicht ausgerastet. Wäre mein Vater nicht ausgerastet, wäre ich jetzt nicht hier.

Immer wieder werfe ich einen Blick auf die Uhr und stelle fest, dass schon acht Minuten vergangen sind. »Ich bin auch froh.«

Es dauert nicht lange, bis sich die Stimmung um uns herum verändert. Menschen klatschen in die Hände, rufen die Namen der Fahrer, und als mein

Blick nach rechts schnellt, kann ich die anrasenden Lichter sehen.

Es sollte mir egal sein, wer zuerst die Ziellinie überquert, und doch atme ich erleichtert aus, als ich die türkisen Streifen auf dem schwarzen Chevrolet entdecke.

Mit quietschenden Reifen kommt Thunder zum Stillstand, gefolgt von Marc. Der rote BMW folgt innerhalb von Sekunden. Das Schlusslicht bildet ein grauer Mercedes mit Flammen an den Seiten.

Die Menschen jubeln, und als die Fahrer aussteigen, tobt die Menge regelrecht. Während sich die Menschen um mich herum zu einem Wirrwarr aus nackter Haut zusammenfinden, suchen meine Augen nach ihm.

Es dauert keine zwei Sekunden, bis ich ihn entdecke. Thunder steht an seinem Wagen, kassiert die Kohle ein und schmeißt sie achtlos in seinen Wagen, als wäre sie nichts wert. Danach fällt die Tür ins Schloss.

»Komm, wir gehen zu Marc«, sagt Lu, schnappt sich meine Hand und zieht mich in Richtung der Fahrer. Vor dem roten Mustang bleiben wir stehen.

Und während Marc aussteigt, Lu in die Arme nimmt und ihr seine Zunge in den Hals steckt, stehe ich wie ein nasser Sack daneben.

Mein Blick wandert nach links, und als ich stechend blaue Augen auf mir spüre, erstarre ich.

Wir stehen direkt neben Thunder und seinem Chevrolet. Er lehnt an seiner Motorhaube und sieht mich unverwandt an.

Unsinn.

Er sieht mich ganz sicher nicht an, oder? Er kennt mich ja nicht einmal! Prüfend blicke ich hinter mich, kann aber niemanden entdecken, den er sonst meinen könnte.

Seine Augen leuchten auf, als ich mich wieder umdrehe und seinen Blick erwidere. Seine Mundwinkel zucken leicht nach oben, doch er lächelt nicht.

Ich verkrampfe mich innerlich, spüre, wie das Blut durch meine Adern rauscht und mich benommen macht.

Thunder hat seine Hände in den Hosentaschen vergraben und denkt gar nicht daran, den Blick von mir zu nehmen.

Was zur Hölle soll das? Wieso glotzt er mich so hemmungslos an, obwohl er weiß, dass ich ihn erwischt habe? Die meisten Menschen würden beschämt den Blick abwenden. Er nicht.

Seine Augen fahren hinab über meine Kleidung, und plötzlich wünschte ich mir, ich hätte mich doch umgezogen.

Ein ziemlich verkorkster Teil in mir will diesem Kerl gefallen, auch wenn ich mir beim besten Willen nicht erklären kann, wieso ich so empfinde. Lu hatte recht, meine Libido schreit förmlich nach ihm, aber ich darf dieses Gefühl nicht gewinnen lassen.

Doch so sehr ich den Blick auch abwenden will, ich kann es nicht. Die Blondine gesellt sich an seine Seite, beglückwünscht ihn und presst ihm ihre Lippen auf den Mund.

Und doch verweilen seine Augen selbst bei diesem Kuss auf mir. Er küsst sie und sieht mich dabei an, verdammt!

Gott, kann dieser Kerl nicht woanders hingucken? Genervt lasse ich von ihnen ab und blicke mich stattdessen zu den anderen Fahrern um. Noch bevor ich einen von ihnen finden kann, bricht die Menge in Panik aus.

»Scheiße, die Bullen!« Getuschel vermischt sich mit nervösen Stimmen, Autotüren werden geöffnet und wieder zugeschlagen. Blut rauscht in meinen Ohren, alles wird abgedämpft.

»Alle weg hier!« Es ist die Stimme eines Mannes, die mich durchzieht. Die Leute rennen in verschiedene Richtungen, als wären sie Ameisen und keine Menschen.

Meine Haut kribbelt und ich kann die Sirenen bereits in meinem Rücken hören.

Wenn die Polizei mich mit aufs Revier nimmt, werde ich das Sonnenlicht nicht mehr zu Gesicht bekommen.

Jemand zerrt an mir, aber ich bin wie paralysiert. Ich höre nichts mehr, sehe nichts mehr scharf.

»Bea.« Diese süße Stimme ruft nach mir, aber ich kann nicht erkennen, wem sie gehört. Kann mich nicht rühren, obwohl ich fliehen müsste.

Sekunden später setzen sich die ersten Autos in Bewegung, während ich regungslos an Ort und Stelle stehenbleibe. Die Sirenen werden lauter, die Flüche der Menschen um mich herum leiser.

Als ich endlich aus meiner Starre gerissen werde, sehe ich mich um, kann Lu aber nirgends entdecken.

Fuck!

Ich stehe beinahe allein inmitten des Geländes, alle anderen haben schon das Weite gesucht. Somit bin ich ein gefundenes Fressen für die Bullen! Und folglich auch für meine Eltern ...

Ehe ich die Ausmaße meiner Aktion realisieren kann, werde ich weggerissen. Ein herber Duft hüllt mich ein, warmer Atem trifft auf kalte Haut. Hitze auf Kälte.

Ich kann nicht sehen, wer an mir zerrt, dafür bin ich zu perplex. Eine Tür wird geöffnet, ich werde auf einen kühlen Sitz gepresst und angeschnallt. Weiches Haar, das meine Haut streift ... Weiche Haut, das meine Handgelenke berührt ...

Mein Herz donnert regelrecht in meiner Brust, als ich realisiere, dass ich in einem Wagen sitze, der jetzt schwungvoll geschlossen wird. Es dauert keine zehn Sekunden, bis die Fahrertür ebenfalls geöffnet wird und sich jemand neben mich setzt.

Panisch blicke ich mich um und lande in den schönsten blauen Augen, die ich je gesehen habe. Ich sitze in *seinem* Wagen. Alles dreht sich, mein Magen rumort und ich will meinen Augen nicht trauen.

Er startet den Wagen, der wie ein Kätzchen zu schnurren beginnt, und fährt los. Die Geschwindigkeit presst mich in den Sitz, das Leder kühlt meine Haut und jagt meinen Puls in die Höhe.

Im Seitenspiegel kann ich die Lichter der Polizei sehen, die mit jeder Sekunde weiter zurückfallen. Ich sitze in *seinem* Wagen.

Wie zur Hölle konnte das passieren? *Thunder.* Sein Fahrstil ist genauso elektrisierend wie sein Name.

»Wieso?« Das ist alles, was meinen Lippen entflieht, als wir vor der Polizei fliehen ... Doch ich bekomme keine Antwort.